FOLIO SCIENCE-FICTION

Olivier Bleys

Canisse

Gallimard

Olivier Bleys est âgé de trente-huit ans. Écrivain prolifique, il a déjà publié seize ouvrages traduits dans une dizaine de langues : des romans, notamment *Pastel*, qui a reçu le prix François Mauriac de l'Académie française 2001, *Le fantôme de la tour Eiffel*, récompensé par le prix du Roman historique en 2002, *Le jardinier d'Assise* en 2005, *Semper Augustus* en 2007 et *Le colonel désaccordé* en 2009 ; un récit-témoignage sur les inégalités sociales, *Le plafond de verre* en 2009, et deux biographies, *L'épître à Loti* en 2003 et *Jules Verne* en 2005, parmi beaucoup d'autres.

Ses romans, inscrits dans des époques reculées, traduisent son intérêt pour les passions humaines et les questions de société.

1

Xhan possédait une vieille édition du *Guide Outre-Monde des Chasses et des Pêches*, petit livre rouge, de format carré, qu'il avait relié à ses frais d'une peau entière de poisson-léopard. Le Guide n'était pas à jour, loin s'en fallait. Plus les années passaient, plus même il renfermait de sottises : il y avait beau temps, par exemple, qu'on ne piégeait plus de lézard à deux langues dans les congères d'ammoniac du Grand Précipice ; quant aux sardines claque-becs de la planète Opale, dont ses collègues âgés avaient fait des fritures, des braconniers sans âme avaient cuit les dernières — nulle bête à nage, il faut dire, n'avait la moindre chance entre les mailles de leurs nasses électriques.

Un tiers peut-être du vénérable Guide restait d'actualité. Les deux tiers ne recensaient plus qu'espèces éteintes, familles décimées, lignées disparues. Certains poissons avaient déserté les eaux depuis si longtemps qu'on doutait d'en avoir jamais tenu au bout d'une ligne : ces créatures souvent extravagantes, à l'image des mondes lointains qui les avaient vues naître, passaient auprès des jeunes pêcheurs pour de grossières fabulations, et d'habiles contrefaçons les trophées exposés dans les clubs de pêche. Pas davantage ils n'ajoutaient foi aux holographies d'ancêtres en cuissardes soulevant la nageoire d'un monstre écailleux. « Trucage ! » accusaient-ils avec dédain.

Ce qui était vrai des poissons l'était aussi des sites de pêche. Certaines rivières auxquelles le Guide conférait quatre ou cinq hameçons en témoignage de leur fertilité n'avaient plus cours depuis longtemps. Des océans entiers avaient été ratissés, des mers réduites à l'état de boues nauséabondes par les miroirs asséchants ouverts par les braconniers dans la haute atmosphère. On citait le cas d'un astéroïde rocheux, Virginia V, que le frôlement d'une grosse comète avait pulvérisé : à l'emplacement noté par le Guide ne subsistait plus qu'un tourbillon de gaz et de poussière brassés furieusement par l'étoile voisine ; quant aux « bancs d'anguilles luminescentes » grouillant jadis dans les concavités dudit rocher, elles n'étaient plus pour de rares gastronomes qu'un souvenir de leur jeunesse.

Cette rapide évolution n'était pour faciliter la tâche ni des rédacteurs du Guide, qui venait de fêter sa centième édition, ni des pauvres fonctionnaires de l'Unité chargés de surveiller la pêche dans tout l'immense espace colonisé par l'homme. Chaque décennie ou presque, le territoire de l'Unité s'étendait d'un parsec dans toutes les directions, avalait deux ou trois mille planètes qu'un greffier surmené, au Bureau d'Enregistrement des Astéroïdes et Corps Célestes, couchait en hâte dans ses registres, les chiffrant à la suite des précédentes — car les nommer, c'était trop long. Cependant, à la périphérie de cette aire vaguement teintée de civilisation, l'Outre-Monde s'élargissait aussi, d'autant plus vite qu'on n'avait pas besoin d'en dresser la carte ni d'y poster des sentinelles.

Ce « non-lieu », comme l'appelaient avec pudeur les politiciens, échappait provisoirement à leur contrôle. Pendant quelques années, le temps pour l'Unité d'établir des bases extérieures et d'y imposer son autorité, tout était permis dans l'Outre-Monde. La *discipline* — la police — n'y patrouillait guère, l'armée n'y faisait que de rares incursions, en sorte qu'une foule de personnages en délicatesse avec les Lois Unitaires pouvaient s'y réfugier sans craindre aucune piqûre de tube-à-douleur. L'Outre-Monde, c'était le repaire familier des escrocs, des assassins, des trafiquants de résines et autres malfaiteurs. C'était aussi, bien sûr, l'asile des braconniers qui s'y livraient à une pêche effrénée pour satisfaire une clientèle cosmopolite toujours avide de curiosités à nageoires.

Certes, les braconniers n'avaient aucun mal à écouler leur marchandise. La rumeur les créditait de milliers d'agents dans tous les mondes habités, et de comptoirs clandestins dans toutes les mégapoles — jusqu'au cœur même de Central Spectra, siège du gouvernement de l'Unité. Face à ces bandits puissants et organisés, les deux mille gardes-pêche appointés par l'Unité ne faisaient pas le poids : sans compter que leur juridiction épousait les contours de l'Espace Domestique, sans incursion possible dans l'Outre-Monde, leurs Tridents hors d'âge, branlants et hoqueteux, volaient loin derrière les Fulgurants des écumeurs d'océans. Engager la poursuite, c'était seulement risquer quelques giclées lasers, et gâcher du matériel que l'administration n'échangerait pas. Alors, les gardes-pêche fermaient les yeux. S'ils dressaient encore des procès-verbaux, c'était à l'encontre de paisibles retraités mouillant leur ligne dans le sillage des paquebots de croisière (interdit : article 11 du Code halieutique) ou urinant dans l'eau pour appâter les crabes dorés (défendu : article 23 du même).

Il n'y avait guère que les plus jeunes pour rêver encore d'appréhender un braconnier. Leur idée du métier devait beaucoup à l'uniforme martial des gardes-pêche : son brassard brodé d'un hameçon d'argent, son baudrier au large ceinturon où pendaient, farouches, un mince tube-à-douleur et deux paires de menottes magnétiques. Chez certains, l'espoir de traquer les pêcheurs hors-la-loi avait décidé de l'engagement. Comme ces mousses d'autrefois qui croyaient, en s'enrôlant dans la marine, choisir une vie d'aventures et de grand air, les cadets du corps des gardes-pêche prenaient leur insigne pour une étoile de shérif. Ils s'imaginaient traquer les braconniers dans les marais pestilentiels de la planète Cobra, leur tendre une embuscade devant les tunnels noyés d'Arathon et remplir ainsi les prisons orbitales de l'Unité... Quelques années, hélas, suffisaient à les délivrer de cette illusion. Découvrant la réalité austère du métier et le dédain que leur témoignaient les pêcheurs illégaux, les jeunes gardes-pêche sombraient dans la mélancolie et parfois dans la dépression. Xhan Elotym, pour sa part, était resté plus d'un mois sous l'empire d'idées noires et de puissants anxiolytiques. Peu s'en était fallu, alors, qu'il ne rendît à l'administration sa carte et ses cuissardes neuves, sacrifiant ainsi une carrière à peine ébauchée.

« J'aurais dû le faire, quand il était temps... »

Xhan donna une poussée du talon de sa botte noire. Le fauteuil obéissant tourna sur lui-même ; défilèrent sous ses yeux, dans une limpide continuité, les murs de basalte du bloc d'habitation et les dunes éblouies du dehors, dont le vent détachait par endroits des mèches d'or poudreux.

« J'aurais dû le faire... » répéta Xhan en décollant, pour le recoller ailleurs sur son cou, le timbre téléphonique qui lui brûlait la peau. Il entendait, filtrée dans l'aigu par le petit appareil, la lourde respiration de son correspondant :

maître Opim, doyen des gardes-pêche, incorporé la même année que lui.

« Tu n'es pas le seul à y avoir pensé, fit enfin la voix. Je crois qu'il n'est pas dans toute l'Unité un seul garde-pêche qui n'ait songé un jour à raccrocher. C'est un boulot exigeant, Xhan, tout le monde sait ça...

— C'est faux, les gens disent qu'on se la coule douce ! Ils croient qu'on passe la journée à tremper nos lignes dans l'eau ! Ils n'ont pas idée...

— En tout cas, tu as bien travaillé. Tu es même un exemple pour nos stagiaires ! J'ai l'intention de demander pour toi la médaille du service...

— Autant m'enterrer tout de suite !

— Xhan, tu m'embêtes ! gronda la voix. Que veux-tu, à la fin ? Tu as fait ton temps parmi les gardes-pêche. Maintenant, c'est la retraite. Nous en sommes tous là ! Regus est déjà parti, Leos ne va pas tarder, et d'autres anciens... Mon tour viendra aussi. Alors cesse de geindre, bon Dieu, ressaisis-toi ! »

Xhan déplaça encore le timbre téléphonique qui le chatouillait. Sans qu'il eût rien senti, une larme grossit dans son œil gauche et s'échappa. Il l'écrasa sur sa joue et considéra, perplexe, son index mouillé.

« Opim, sais-tu combien d'années j'ai porte l'uniforme des gardes-pêche ?

— Trente-huit ans, je crois... C'est le chiffre inscrit dans ton dossier.

— Exact. Or, le règlement stipule qu'il faut quarante années pleines pour ouvrir les droits à la retraite ! Cet écart, comment l'expliques-tu ?

— Aucune idée... »

Puis, ayant bruyamment dégluti, maître Opim enchaîna d'une voix enjouée :

« D'ailleurs, quelle importance ? Qui se plaindrait d'être affranchi plus tôt ? »

Dans un recoin de la cuisine, à l'autre extrémité du bloc d'habitation, la machine à café s'ébroua. Xhan entendit couler la boisson, et ronfler le petit ventilateur chargé d'en régler la température. « *Al cuore*, le café des cœurs nobles » : telle était la réclame, aux lettres entrelacées comme des ronces, sur les cônes de papier métallisé.

« Il n'y a rien dans mes états de service qui justifie cette décision... insista le retraité. Jamais, au cours de ma carrière, je n'ai encouru le moindre blâme ! La seule chose qu'un inspecteur pourrait me reprocher serait d'avoir laissé ferrer une anguille géante, dans la mer orientale de Cobra. J'avais mis le braconnier en joue, j'aurais pu éviter un massacre ! Mais à cet instant, vois-tu, l'instinct a parlé en moi, et la vie d'un homme, si abject soit-il, m'a paru plus précieuse que celle d'un poisson...

— Xhan, tu te biles pour rien ! fit le doyen des gardes-pêche en reniflant. Cette histoire est oubliée depuis longtemps !

— Alors pourquoi, Opim ? Pourquoi ? J'aime ce métier, je n'ai pas demandé à partir !

— Il faut bien s'arrêter un jour ! Si tu... »

Xhan pressa si fort le timbre téléphonique qu'un craquement se fit entendre. Les débris chauds du petit appareil roulèrent dans sa paume. Avec un soupir, il se frotta les mains au-dessus de la moquette dont les boucles épaisses, comme des tentacules de plante carnivore, engloutirent les morceaux de métal. Prudemment, Xhan souleva ses pieds, hors d'atteinte des fibres laineuses.

Le café avait refroidi. Xhan vida la tasse dans le conduit, en veillant à ne pas répandre le liquide salissant sur la pierre d'évier. Son regard se fixa sur la verrière où les tourbillons de sable traçaient des volutes étranges, des motifs aléatoires qui s'effaçaient à peine arrangés. L'idée lui vint qu'à l'échelle du cosmos, la vie humaine n'avait pas plus de sens que ces compositions éphémères dues aux caprices du sable et du vent. Autrefois, le jeu favori de Serina, son amie d'enfance, était d'attribuer à ces figures du hasard, comme aux bourgeonnements lointains des nuages, les silhouettes familières d'un lion, d'une fleur ou d'un vaisseau. Xhan avait six ans de plus : il préférait creuser des tunnels dans les dunes et extirper les vers-roseaux de leurs galeries poisseuses.

Les vers... Ils s'enfouissent et pondent, au premier quartier de lune. Des milliers et des milliers d'œufs. Sans qu'il en eût conscience, les doigts du retraité vinrent à la rencontre du point précis, sous la dernière paire de côtes, où il avait tantôt senti une grosseur. La boule était toujours là, un centimètre à peine sous la peau, et semblait même avoir prospéré depuis qu'il l'avait tâtée.

« Quand il était temps... » murmura, rêveur, l'ancien garde-pêche. Des cliquètements mécaniques se firent entendre : dissimulées derrière les cloisons de l'habitation, les machines de service tâchaient d'interpréter cet ordre étrange et non répertorié.

Les résultats de l'examen étaient tombés la veille, sous l'apparence bénigne d'un cliché radiographique en couleurs. Pour la troisième fois depuis le matin, Xhan posa la radio sur la baie vitrée où elle se mit à flotter, dérivant mollement à la surface du verre. À contre-jour, la tumeur cernée d'un trait de feutre se détachait nettement du fond gris des viscères. La photo à l'échelle permettait d'en bien apprécier les dimensions, dont le médecin avait donné l'image éloquente d'un « gros oursin épineux roulant quelque part entre votre foie et votre rate ». Puis, avec cette résignation ironique des gens de sa profession, il lui avait appris que la tumeur était maligne, susceptible d'abréger considérablement son existence si Xhan n'acceptait sans tarder l'ablation chirurgicale.

« Nous pouvons opérer demain ! » avait conclu le docteur, le stylet déjà sur la tablette pour noter le rendez-vous.

« J'aimerais réfléchir, répondit Xhan.

— Réfléchir à quoi, monsieur Elotym ?

— Laissez-moi quelques jours…

— Comme vous voudrez ! »

Rentré chez lui, l'ancien garde-pêche entama cette grave méditation par plusieurs verres d'alcool, vidés coup sur coup, jusqu'à sombrer dans un sommeil opaque. Le lendemain, il vaqua à ses affaires comme si de rien n'était, comme si la visite médicale et le sombre pronostic du docteur n'avaient été qu'un cauchemar dont il fût sorti avec la nuit.

De fait, la tumeur avait quitté son esprit. L'après-midi même, hélas, elle se rappelait brusquement à son attention : Xhan fut pris de vomissements si forts qu'il perdit connaissance. L'ancien garde-pêche s'éveilla dans la flaque noirâtre, déjà durcie, qu'avaient laissée sur les carreaux du couloir les matières expulsées de son intestin. Il se doucha et appela aussitôt le médecin.

« Docteur, je ne prendrai pas vos médicaments, lui annonça d'emblée Xhan. Et je n'ai pas l'intention non plus d'être opéré…

— Vous avez perdu la raison ?

— Toute vie doit finir. D'une certaine façon, c'est une chance de connaître le jour et l'heure.

— Assez philosophé, monsieur Elotym ! s'emporta son correspondant. Le cancer, lui, n'a pas d'humour ! Il a planté sa pince dans votre foie et ne lâchera plus sa prise ! Soit vous le combattez, et avez quelque chance de vous en sortir, soit il vous vaincra en moins d'un an. Car, n'en doutez pas, c'est une lutte à mort !

— Je regrette, docteur », fit Xhan en pressant le timbre téléphonique.

Comme réagissant à son geste, une douleur irradia au même instant de son abdomen. Était-ce une illusion de ses nerfs, ou bien la tumeur remuait-elle dans son ventre ? Il lui semblait qu'un animal fût tapi là-dessous, qui palpitait au rythme de sa respiration et parfois changeait de position, tel un dormeur qui bouge dans son sommeil. Xhan une nouvelle fois leva les yeux vers la radio. À cette heure de l'après-midi, les rayons du soleil frappaient diamétralement la baie vitrée, baignant tout le salon d'une ambiance orangée. Ils traversaient l'épreuve comme un vitrail, allumant le jaune artificiel de la tumeur, en forme de savonnette ou de figue mûre et qui, remarqua-t-il, poussait un genre de corne vers l'intestin.

« Des métastases... » fit le retraité pour lui-même.

Xhan abaissa les paupières et les releva : la tumeur était toujours là. Certes, elle n'avait rien d'une abstraction, quoiqu'il fût difficile d'admettre l'empire d'une si petite chose sur tout le corps. Se pouvait-il qu'au temps des greffes d'encéphale ou de testicules, une boule de cellules dégradées pût si rapidement vous expédier de vie à trépas ?

« Je prendrai rendez-vous avec d'autres

médecins, décida l'ancien garde-pêche à haute voix. Celui-là ne m'inspire pas confiance… »

Dans l'ombre des cloisons, des machines ronronnèrent, se connectant déjà aux annuaires d'hôpitaux.

2

Depuis deux semaines qu'il jouissait du statut de retraité et d'un temps généreux dont il pouvait disposer à sa guise, Xhan avait contracté des habitudes, malgré son aversion de toujours pour la routine. Le matin, au lieu des douches furtives de sa jeunesse, il prenait de vrais bains, volontiers assaisonnés d'épices flottantes et de colorants qui laissaient sur sa peau une jolie teinte mordorée. Il avait résilié son abonnement au service de livraison, préférant désormais se rendre à pied au magasin d'avitaillement, dans l'un des beaux costumes dont l'uniforme obligatoire l'avait longtemps privé. Sa coquetterie trouvait aussi à s'exprimer dans une cravate variable qui reflétait les humeurs du ciel, dans un insecte-bijou qu'il épinglait bien en vue sur sa poitrine ou encore dans une pommade miroitante dont il enduisait ses cheveux.

« Quel accoutrement ! » ironisait son ami Regus, ancien collègue devenu partenaire de ses parties de go. Puis il ajoutait, sur le ton d'un blâme amical, chassant de la main les vapeurs du parfum dont Xhan positivement s'inondait: « Enfin, Xhan, qu'est-ce qui te prend ?

— Il n'y a pas de mal à soigner sa toilette...

— Ça ne te ressemble pas !

— Alors, j'ai dû changer.

— Tu te rappelles ces poissons des récifs, dont les femelles peuvent changer de sexe ? Éprouverais-tu, toi aussi, quelques troubles hormonaux ?

— Ça n'est pas drôle, Regus... »

À aucun moment de sa vie professionnelle, Xhan n'avait porté la moindre attention à ses vêtements. Il professait plutôt, lui le rude pêcheur, un certain dédain des « gens qui s'habillaient », et soutenait volontiers qu'un pantalon de treillis, une veste matelassée, une vieille paire de bottes formaient l'habillement le plus commode pour le genre d'existence qu'il menait. Même l'insigne des gardes-pêche lui semblait superflu. Il ne l'épinglait qu'en présence de ses chefs, sinon l'enfermait dans un tiroir, observant, non sans raison, qu'un accessoire aussi voyant risquait d'éveiller la méfiance des pêcheurs.

Certes, il y avait loin de ce garçon sobre et même assez fruste au gandin de maintenant. Pendant longtemps, Xhan n'avait pas trouvé d'utilité au long miroir qui faisait face à l'entrée de son habitation. Il n'y jetait qu'un œil distrait, au moment de sortir, pour vérifier surtout la bonne tenue de ses épis rebelles. Or, depuis sa mise à la retraite, c'était devenu l'endroit le plus fréquenté de la maison. Comparaître chaque matin devant la surface réfléchissante, mais aussi chaque midi et chaque soir pour s'étudier sous différentes lumières, lui semblait un devoir autant qu'une récréation. Il s'examinait de haut en bas, du retroussis pelucheux de son bonnet aux lacets vernis de ses bottines, et ne quittait pas son image avant d'avoir corrigé le dernier pli sur son pantalon. L'état de sa peau, ou plutôt de ce que ses vêtements en laissaient découvrir, le préoccupait de même : il la tirait entre ses doigts écartés, fâché de ces vilaines taches brunes et des rides qui s'y traçaient toujours en plus grand nombre.

Ce narcissisme inquiet n'était pas la seule bizarrerie qu'eût apportée l'enregistrement de Xhan à la caisse des retraites. Après tout, les costumes élégants et les bains prolongés pouvaient apparaître comme la réponse du jeune retraité à l'ennui qui le gagnait — non les nouveaux liens qu'il tissait avec Serina, son amie de jeunesse, à qui désormais il rendait visite trois ou quatre fois la semaine, contre une fois seulement l'année quand il exerçait encore son métier.

Serina habitait un condominium près du magasin d'avitaillement, derrière un cordon de dunes artificielles. Mère de trois enfants, épouse d'autant de maris qui cohabitaient sous son toit et la hélaient à tout instant pour dresser la table ou servir le café, elle s'était accommodée sans peine des absences de Xhan, toujours en mission sur quelque planète lointaine de l'Unité. Un genre d'accord avait longtemps régné entre eux : ils s'appréciaient mais ne se fréquentaient guère, faute d'assortiment possible entre leurs riches emplois du temps.

Aussi la nouvelle assiduité du retraité, présent un jour sur deux au déjeuner de la famille Gohji-Nephrim-Hofer-Miroos (les noms de ses trois époux s'étaient tous imposés à Serina), avait-elle occasionné certains troubles. S'il s'était montré au début respectueux des usages, par égard surtout envers les maris qu'il vouvoyait, Xhan n'hésitait plus maintenant à franchir sans s'annoncer la porte du condominium. Il dressait lui-même son couvert sur la grande table de laque blanche et prenait sa part des plats servis, qu'on l'y invitât ou non.

Après le dessert, le retraité s'attardait volontiers, fumant sa pipe en plastique sur le balcon, indifférent eût-on dit aux grognements des maris qui partaient s'enfermer dans leurs chambres. Serina n'osait congédier son ami, elle qui, des années durant, s'était plainte de leur éloignement. Cependant, elle mettait fort peu d'entrain à leur conversation et témoignait, de cent façons, son impatience de le voir partir.

« Pourquoi t'ont-ils renvoyé ? grommelait Serina en pliant les serviettes de table. Tu as fait quelque chose de mal ?

— Rien du tout, Serina, je t'assure !

— Il doit bien y avoir une explication ! Tu n'es pas si vieux...

— Je n'en sais rien. C'est peut-être médical. J'ai subi des examens il y a quelques semaines.

— Ah, bon ? Tu es malade ? »

Le ton de sa question trahissait moins de souci que de curiosité. Hésitant à faire sa confession, Xhan en fut dissuadé :

« Non, tout va bien.

— Bon, tant mieux... »

Puis, comme l'ancien garde-pêche faisait mine de bourrer une nouvelle pipe :

« Je suis désolée, Xhan. Il va falloir partir, maintenant ! Les enfants ne vont pas tarder, et je n'ai rien préparé pour ce soir.

— Oui, oui, je comprends ! Les enfants, ça occupe.

— Si tu savais... Et pourtant, c'est une grande joie dans l'existence. Tu n'as jamais voulu en avoir ?

— Tu sais bien que je ne peux pas ! »

Le retraité posa sa main, parfaitement à plat, sur le haut de son pantalon sans braguette.

« Pardon, j'avais oublié !

— Il n'y a pas de mal. À demain, Serina. »

Xhan embrassa son amie et traversa l'appartement jusqu'à la porte, refermée hâtivement derrière lui.

Nul doute que ces départs forcés eussent favorisé les premières visites de Xhan au Verbatim, un bar du voisinage. Le règlement des gardes-pêche proscrivait l'alcool pendant le service. Mais Xhan n'était plus garde-pêche et pouvait à volonté, autant du moins que son foie le tolérait, s'enivrer d'*eau-de-braise* (une vraie petite flamme, pâle et indolore, s'allumait sur la langue) ou de *sirop-cisaille*, sans que quiconque y trouvât à redire. Il ne s'en privait d'ailleurs pas, fidèle chaque après-midi à cette liqueur au titre viril dont la tradition faisait un auxiliaire de digestion, une gourmandise d'après-repas. L'habitude était si bien prise qu'après quelques jours, Xhan pénétrant dans le bar trouvait son verre déjà plein et sa chaise réservée.

« Pas ici, c'est la place de monsieur Elotym ! » avertissait le patron quand un client faisait mine d'occuper le tabouret.

Le retraité savait, en frottant sa carte monétaire sur le comptoir, qu'il ne quitterait pas les lieux avant la nuit. Plusieurs fois, il avait fait la fermeture, soit que l'alcool l'eût piégé trop tôt, soit qu'un voisin bavard, par hasard amateur de poisson, l'eût entrepris sur l'élevage d'appâts ou l'aiguisage d'hameçons.

Le Verbatim se trouvait dans le quartier aéroportuaire de Central Spectra, réputé comme tous ceux partageant sa situation, aux abords immédiats de gares ou d'embarcadères, pour sa densité remarquable en débits de boissons et autres lieux interlopes. Xhan avait essayé plusieurs buvettes avant de jeter son dévolu sur cet établissement à la devanture jaune, dont l'enseigne emprisonnant une boule-aquarium et les murs cousus d'écailles de poisson éveillaient sa sympathie. Non que les verres y fussent moins poisseux ou le patron plus honnête qu'ailleurs, mais le Verbatim réunissait une collection intéressante d'anciens pilotes, d'anciens radiographes, d'anciens relativistes naguère employés sur les lignes astronautiques de l'Unité. Ces retraités des compagnies de transport avaient en commun de payer volontiers les tournées et d'épancher tout aussi volontiers, pourvu que l'alcool dans leur sang atteignît une certaine concentration, leur vie d'aventures aux commandes des machines volantes.

Ce jour-là, Xhan repéra dès le seuil un homme d'environ cinquante ans, au torse enturbanné d'un tissu blanc, qui dégustait debout un vin pétillant. Le visage lui parut avenant et la posture engageante, c'est-à-dire que l'inconnu se tenait accoudé au comptoir, les épaules obliques, tourné à moitié vers la salle, à l'opposé de beaucoup d'ivrognes abîmés dans leur verre. Xhan prit le tabouret voisin et lança, souriant :

« On doit servir l'eau-de-braise dans des calices, et non dans des coupes évasées ! Sans quoi, l'alcool brûle trop vite et s'évapore avant qu'on l'ait goûté ! N'êtes-vous pas de mon avis ?

— C'est l'évidence même ! admit l'inconnu.

— Je me présente : Xhan Elotym, retraité des gardes-pêche…

— Tiens, je l'aurais deviné !

— Ah, bon ? » s'étonna Xhan.

L'inconnu prit le poignet du retraité qu'il

caressa doucement, frottant son pouce sur le sillon humide d'un bracelet.

« Votre peau… lisse, huileuse… Comme le cuir des animaux marins ! Et quels beaux reflets, à la lumière ! Une peau de cette qualité est un atout évident dans votre métier. Ça ne m'étonnerait pas que la nature vous ait aussi gratifié d'orteils à palmure et de poumons de large capacité. Est-ce que je me trompe ? »

Le regard de l'inconnu luisait étrangement. Xhan retira sa main d'un geste sec, s'interrogeant s'il ne ferait pas mieux de prendre une autre chaise. Mais une intuition lui commandait de rester là. Il s'enquit posément :

« Vous plaisantez, n'est-ce pas ?

— Naturellement… » fit l'inconnu après un moment. Cependant, ses yeux gardaient leur étrange fixité.

« À qui ai-je l'honneur ? demanda Xhan.

— Je vous prie de m'excuser, les présentations sont incomplètes. Mon nom est Moox, Moox Erhelton… J'ai servi trente-neuf ans sur les Grandes Lignes, comme pilote associé. »

Xhan émit un sifflement admiratif. Les Grandes Lignes desservaient la Troisième Ceinture, bordure extérieure de l'Espace Domestique, à la lisière de l'Outre-Monde. Il n'y avait guère que les cartographes et les ingénieurs des mines pour emprunter ces vols interminables à destination de nulle part. Mais c'est justement parce qu'elles affrétaient peu d'astronefs, deux ou trois à l'année, que les pilotes et les mécaniciens des Grandes Lignes jouissaient d'un certain prestige dans la profession.

« Alors, si vous étiez pilote, je suppose que vous disposez d'une vue excellente et d'une bonne tolérance à l'altitude ? s'amusa l'ancien garde-pêche.

— Mais bien sûr ! confirma Moox sans sourire. Tenez, par exemple, je lis avec précision les noms des locataires sur l'interphone de ce condominium, au début de la rue... Pessox, Jaouine, Godbillon, et un nom composé sur deux lignes : Gohji-Nephrim-Hofer-Miroos. »

Xhan tourna la tête vers l'immeuble de son amie, dont la façade triangulaire prenait le soleil à cent mètres de là. Il n'était pas possible que l'ancien pilote déchiffrât les noms à telle distance sauf, en effet, à posséder les yeux d'un rapace.

« Vous êtes un drôle de monsieur... remarqua l'ancien garde-pêche en plissant les siens.

— Bah, ce sont des gens de mon espèce que recrutent les Grandes Lignes ! Vous n'imaginez pas combien d'originaux postulent aux emplois de la compagnie. L'uniforme des garçons de bord déguise d'anciens taxidermistes, d'anciens cracheurs de feu, d'anciens fossoyeurs et même des pyromanes repentis ! Sans doute faut-il avoir un grain pour faire son métier de voyages intersidéraux à vitesse subluminique ? Si les passagers savaient à quel genre d'individus ils confient leur vie, beaucoup, je crois, ne monteraient pas à bord ! »

Moox partit d'un bon rire que voulut bien partager son voisin de comptoir. Cette bonne humeur contribua à dissiper le malaise tissé entre eux.

« Il m'est arrivé une seule fois d'emprunter les Grandes Lignes... expliqua Xhan. Le BEACC nous avait signalé la découverte d'un grand océan sur une planète nouvellement enregistrée, en bordure de l'Outre-Monde. Certains relevés chimiques suggéraient l'existence d'une faune sous-marine. Les gardes-pêche furent chargés d'enquêter.

— Et alors ?

— Fausse alerte... C'était une mer stérile qui n'abritait pas la moindre vie.

— ... à moins que les braconniers ne vous aient devancés ? ironisa Moox.

— C'est une hypothèse, en effet. Nous avons relevé les traces d'un autre atterrissage sur le sol de la planète. Mais des braconniers, non, je ne crois pas... Ces crapules sont capables de bien des mauvais coups, mais il n'est pas en leur pouvoir d'aspirer toute la vie d'un océan en quelques jours ! »

D'un geste crâne, l'ancien garde-pêche s'empara de son verre qu'il vida d'un seul trait. Puis, renversant la tête en arrière, il laissa la flamme bleue monter du fond de son gosier, s'élever en spirale dans sa bouche et jaillir au-dehors comme d'une torchère.

« Pas de ça ici ! » grogna le patron.

Xhan serra les lèvres avec une grimace. Un court instant, la peau tendue de ses joues parut s'illuminer, comme éclairée de l'intérieur.

« Belle maîtrise ! apprécia Moox. Je pratiquais aussi ce genre de sport au temps de mes études, mais ma flamme était loin d'égaler la vôtre... Toutefois, pour revenir aux braconniers, je pense que vous sous-estimez leur audace et leur résolution. Dans la vie d'un pilote des Grandes Lignes, il est quelques occasions d'approcher ces marginaux. Eh bien, je ne crois pas avoir vu dans toute ma carrière de pilotes aussi habiles et d'explorateurs aussi hardis que ces "crapules", comme il vous plaît de les nommer... »

Par conscience et par éducation, Xhan ne pouvait tolérer qu'on cherchât des excuses aux braconniers, sans parler d'en faire l'éloge. Un temps avait été, pas si lointain, où ce genre de propos l'aurait fâché tout rouge — le tube-à-douleur aurait aussitôt jailli dans sa main. Mais Xhan n'était plus garde-pêche et se devait, maintenant qu'il avait rendu l'insigne, d'écouter paisiblement toutes les opinions. Il se maîtrisa donc et fit une calme objection :

« J'hésite à vous suivre, articula le retraité en tapotant son verre sur le bord du comptoir.

— Entendez-moi, je ne défends absolument pas les braconniers ! Ce sont à l'évidence des individus sans moralité dont les crimes méritent la plus sévère sanction ! D'un autre côté... », hasarda prudemment le pilote, « ils sont les premiers à poser les vaisseaux sur les planètes d'Outre-Monde, longtemps avant que l'Unité ait dépêché la moindre mission exploratoire !

— Vous voulez dire que les équipages des Grandes Lignes bénéficient des rumeurs lancées par les braconniers ?

— En quelque sorte, oui... Nous connaissons par avance la configuration des planètes, leurs ressources, les meilleurs sites d'atterrissage. S'il s'y trouve quelque forme de vie dangereuse, une maladie contagieuse ou des insectes nuisibles, nous en sommes avertis ! Bien des vies sont ainsi épargnées...

— Et pas mal d'argent aussi ? » releva Xhan avec une pointe de mépris.

De nouveau, il fut tenté d'écourter la conversation, prenant prétexte de courses à faire avant la fermeture du magasin. Après tout, rien ne l'obligeait d'accepter la présence de cet individu dont les opinions affrontaient visiblement les siennes et dont la curiosité, plusieurs fois, lui avait paru contraire aux règles de bienséance. Ne ferait-il pas mieux de payer son eau-de-braise et de prendre congé ?

Or, à peine l'ancien garde-pêche avait-il formé cette pensée qu'elle parut s'éteindre dans son esprit ; plutôt, ce fut une bouffée d'intense sympathie qu'il éprouva soudain pour l'étranger, mêlée de crainte à l'idée de le quitter. La main de Xhan se porta discrètement à sa nuque pour vérifier qu'aucun patch hypnotiseur n'y adhérait : par le moyen de ces timbres minuscules, appliqués d'une simple tape sur la peau et sécrétant ensuite une substance psychotrope, n'importe qui pouvait se rendre maître de la volonté d'autrui. Mais non, son cou était libre…

« J'aimerais vous montrer quelque chose… annonça Moox en vidant son verre de liqueur.

— De quoi s'agit-il ?

— J'ai entamé voici quelques années une collection de curiosités naturelles. Il s'agit de pierres volcaniques, de coquillages, de graines, de squelettes animaux et autres pièces remarquables glanées au fil de mes voyages dans l'Outre-Monde. Nous avons la chance, en effet, d'aborder des planètes vierges que l'Unité n'a pas encore classées réserves scientifiques. Aucun règlement ne s'oppose au prélèvement de quelques fleurs sauvages, pourvu qu'il soit raisonnable et n'affecte pas la survie de l'espèce…

— Je ne le sais que trop. Les braconniers font souvent usage de cet argument devant les tribunaux !

— Eh bien, poursuivit Moox, figurez-vous que ma collection vient de s'enrichir d'une pièce rare, et même exceptionnelle ! Une pièce qui, j'en suis sûr, ne pourra manquer d'éveiller votre intérêt… »

Un sourire incrédule arrondit les joues du retraité.

« Vous savez, Moox, j'ai vu tant de choses au

cours de ma carrière... Sans doute n'est-il pas une page du *Guide Outre-Monde des Chasses et des Pêches* que je n'aie copieusement annotée. Quand on a dormi toute une nuit dans la vulve d'un requin-à-poche pour s'abriter du blizzard cinglant de la planète Zardane, plus rien je crois ne peut vous étonner...

— Détrompez-vous, Xhan ! Ce que j'aimerais vous montrer vous arrachera des cris de surprise ! J'en prends volontiers le pari.

— Vous semblez sûr de vous... Où se trouve cette merveille ?

— Sur une petite planète sableuse, à quelques heures d'ici...

— Vous m'y conduiriez ?

— À la seule condition que vous ne révéliez à personne son emplacement, ni ne témoigniez à quiconque de ce que vous aurez vu ! »

Xhan s'arrosa la main du reste d'eau-de-braise encore dans son verre. Une flamme jaillit de sa paume qu'il appliqua ainsi, rouge et brûlante, contre celle de Moox. Le pilote eut un tressaillement mais n'en serra pas moins la main offerte.

« Tope là, monsieur ! Votre idée m'amuse ! Laissez-moi le temps de réunir quelques affaires, et j'embarque avec vous ! »

3

L'astronef s'abattit dans un nuage de poussière, soulevée à telle hauteur qu'elle avala les étoiles et réduisit le jour à une pâle illumination. La poussière une fois envolée resta suspendue, comme piégée dans l'espace.

« Gravité faible, hum ? observa l'ancien garde-pêche.

— Les disciplinaires de l'Unité n'aiment pas les petites planètes. Leurs véhicules ne sont pas conçus pour ce type d'environnement. Si une poursuite s'engageait, nous pourrions facilement leur fausser compagnie !

— Où m'amenez-vous exactement, Moox ? »

Quand la poussière fut un peu dissipée, ils discernèrent les contours d'un entrepôt massif, invisible depuis le ciel. Une porte monumentale en gardait l'accès, que Moox fit coulisser d'une poussée de la main. L'intérieur était sombre et, autant que Xhan pouvait en juger, dépourvu du moindre éclairage. Peu à peu, cependant, ses yeux s'accoutumèrent. Une forme alors lui apparut, si colossale qu'elle prenait, en largeur comme en hauteur, tout l'espace disponible. C'était un genre de globe immense, de sphère démesurée devant laquelle l'ancien garde-pêche, quoique de belle carrure, se sentait minuscule. Elle n'était pas ronde mais un peu aplatie, comme affaissée sous son propre poids qu'on devinait considérable. La surface d'un blanc lisse, celle d'une boule de billard, disparaissait par endroits sous des poches de gelée. Un liquide noirâtre s'épanchait sous la chose, formant alentour une mare tremblotante.

« Jamais rien vu de tel !

— Vous êtes le premier à franchir cette porte... confia Moox en tapotant l'épaule du visiteur. Je n'ai montré ma découverte à personne.

— Vous la cachez ?

— Disons que je l'abrite des curieux... Comme vous devez le supposer, convoyer pareil objet m'a coûté de l'argent, beaucoup d'argent ! J'ai fait quelques images que j'espère vendre un bon prix. Mais si par malheur le secret s'éventait, cela perdrait tout intérêt ! »

Xhan acquiesça en déglutissant. À trois reprises, Moox le vit porter la main au tuyau coudé de son respirateur. Il avait fallu un moment pour que l'atmosphère raréfiée de la planète, oxygénée par l'appareil, chemine vers ses narines. Maintenant, une puanteur atroce assiégeait ses poumons. S'il rendait gorge, il étoufferait sous sa visière. D'une claque sur son casque, Xhan déclencha le recyclage accéléré de l'air.

« Quelle infection ! gémit le retraité en se raclant la gorge. Cette chose empeste !

— Pardi ! Deux cents tonnes de viande en décomposition ! Ça ne sent pas la rose ! D'ailleurs, il faudra bientôt m'en débarrasser. C'est chaque jour plus difficile de repousser les charognards ! Tenez, hier encore, un genre de félin a franchi la barrière électrique, un bond prodigieux ! J'ai été contraint de l'abattre.

— Mais qu'est-ce que c'est, à la fin ?

— Comment ? Vous n'avez pas deviné ? Reculez-vous un peu, vous verrez mieux... »

Xhan s'écarta d'une vingtaine de pas, gêné par la faible gravité qui emmêlait ses jambes ou plutôt les tirait en l'air, tels les membres ficelés d'un patin. Des flocons de poussière chargeaient la visière de son casque, qu'il balaya d'un tour de gant. Ce fut alors que l'évidence lui sauta au visage. Un cri monta de sa poitrine haletante.

« Ça, par exemple ! Un œil ! Un œil gigantesque ! s'écria, enthousiaste, l'ancien garde-pêche.

— Le plus gros du règne animal, autant qu'on sache ! Vingt-huit mètres de diamètre, quatre-vingt-huit de circonférence ! Peut-être davantage, maintenant que les gaz de la putréfaction l'ont dilaté... Il y a un escalier au fond du hangar. Montez, vous n'êtes pas au bout de vos surprises ! »

Xhan gravit avec difficulté les marches de métal ajouré. Une sorte d'humeur jaunâtre, qu'il supposa écoulée de l'œil, enduisait les plus basses et les rendait collantes. Cependant, plus il gagnait en hauteur, mieux il comprenait l'agencement de l'organe monstrueux. À l'arrière s'attachait le cordon rosâtre du nerf optique, lui-même de proportions intimidantes. Quand Xhan eut atteint la passerelle sommitale, son regard plongea dans l'immense pupille ténébreuse, qui s'ouvrait tel un puits en dessous de lui. Saisi d'une crainte superstitieuse, il détourna les yeux.

« Quel animal ? s'enquit l'ancien garde-pêche d'une voix essoufflée.

— Mais un poisson, cher ami ! N'en avez-vous pas assez pêché pour connaître leur anatomie ? Une cornée sombre, un cristallin rond ! Il n'y a rien d'approchant chez les oiseaux ni les mammifères ! »

Sous la visière qui s'embuait rapidement, le visage de Xhan reflétait une intense perplexité.

« Un poisson ? Non, c'est impossible... »

Il resta un long moment au sommet de l'escalier, les mains appuyées sur la rambarde. Puis, comme stridulait l'alarme de son respirateur, il rejoignit le sol en suivant la rampe métallique.

« Je ne vous ai pas dit le meilleur... Quel âge a selon vous cet œil, ou plutôt le poisson dont il est détaché ?

— Eh bien, si je me fie à sa stature imposante,

il s'agit sûrement d'un individu très âgé, et même d'une ancienneté remarquable !

— Détrompez-vous, c'est un jeune spécimen, encore immature ! J'ai estimé son âge à deux ou trois semaines... Vous figurez-vous la taille des poissons adultes ? Les doyens de l'espèce, à ce qu'on dit, dépassent la centaine de kilomètres. Mais ce ne sont là que des spéculations... Car personne, en vérité, n'a pu voir l'un de ces monstres entiers, de la tête à la queue. Il faudrait pour cela prendre de l'altitude, ce qu'interdit l'atmosphère nuageuse de la planète...

— Quelle planète ?

— Celle où rôdent ces créatures, évidemment !

— ... mais son nom ? »

Moox remua la tête à l'intérieur de son casque, qui ne marqua qu'une faible oscillation.

« Vous l'apprendrez bien assez tôt. »

Le retraité voulut répondre mais sa bouche était sèche et ses tempes douloureuses. Il débita d'une voix lente, adossé à la paroi de tôle de l'entrepôt :

« Moox, la tête me tourne, je crois que ma provision d'oxygène s'épuise... J'ai besoin de m'asseoir et de boire quelque chose !

— Entendu, retournons au vaisseau... »

Un moment plus tard, installé dans un fauteuil du poste de pilotage, Xhan feuilletait d'une main son vieux *Guide Outre-Monde des Chasses et des*

Pêches, appliquant de l'autre une pommade cicatrisante sur la double empreinte du respirateur. Ses joues pâles avaient retrouvé un peu de couleur, et sa voix coulait plus librement :

« Le Guide est formel, Moox ! Le plus grand poisson vivant est le *Cymbalium maximus*, une espèce indigène de la planète Hoga… Un pêcheur a naguère capturé un spécimen mâle de quarante-six mètres de long, dont le poids avoisinait la centaine de tonnes ! Belle pièce, n'est-ce pas ? Il a fallu une grue pour le haler jusqu'à la berge… Avec la viande des parties comestibles, on a pu nourrir les habitants d'une colonie voisine pendant toute une année ! »

Xhan referma le livre et caressa amoureusement la reliure tachetée.

« J'ai toute confiance en lui, Moox… Depuis trente-huit ans que j'exerce ce métier, je n'ai jamais pu prendre le Guide en défaut ! C'est l'évangile sacré des pêcheurs !

— … même cette vieille édition ?

— Aucune importance ! » répliqua Xhan, vexé.

L'ancien garde-pêche enfouit son visage entre les pages du Guide pour flairer l'odeur d'encre rance et de poisson tanné. Puis il enveloppa le livre dans un vieux linge et le glissa dans la poche ventrale de sa combinaison.

« Sauf votre respect, Moox, si un poisson d'une taille aussi formidable avait été capturé quelque part, la confrérie aurait été la première informée !

Nous recevions chaque jour des avis de prises — la plupart, du reste, rédigés par les pêcheurs et sans fiabilité ! Combien de fois n'avons-nous pas mandaté un huissier aux confins de l'Espace Domestique pour mesurer un poisson banal, trois fois plus petit que celui annoncé ?

— Oui, Xhan, mais le cas est différent ! Vous êtes entré dans ce hangar, vous avez vu comme moi cet œil gigantesque !

— J'en conviens... » marmonna l'ancien garde-pêche en passant les bretelles de son fauteuil. Il prit le temps d'ajuster sa serrure magnétique avant d'énoncer d'une voix timide, presque peureuse :

« Moox, comment se nomme cette planète ? Où se trouve-t-elle ? J'aimerais voir cela de mes yeux... »

Le pilote sourit à cette requête embarrassée, qui semblait celle d'un enfant priant une friandise :

« C'est très loin, vous savez ! Avez-vous de quoi payer un billet sur les Grandes Lignes ?

— Je trouverai ce qu'il faut...

— Et par quel moyen ? insista Moox. L'aller simple coûte plusieurs milliers d'*unitaires*, qu'il faut régler comptant ! Les Grandes Lignes encaissent l'argent dès l'émission du billet. Elles considèrent, non sans raison, que le voyage Outre-Monde comporte un risque mortel pour certains passagers... »

Xhan sentit sa pomme d'Adam jaillir du col

étroit de sa combinaison. Elle semblait dans son cou glabre, marqué des chiffres bleus du matricule d'identité, comme un oiseau qu'on a relâché, un oiseau affolé qui tourne au plafond et se cogne aux fenêtres.

« La confrérie des gardes-pêche me prêtera l'argent... J'ai confiance, le doyen est un ami.

— Malheureux, vous n'y pensez pas ! réagit Moox en agrippant le bras de son passager. Tout cela doit rester secret, vous entendez ? Secret ! Figurez-vous que demain des milliers d'amateurs de pêche aient vent de la découverte ? Ce serait, à coup sûr, l'invasion de cette petite planète ! Nous devons à tout prix l'empêcher ! Ah, je regrette maintenant de vous avoir conduit ici...

— N'ayez aucun regret, assura Xhan d'un ton ferme. Je saurai tenir ma langue !

— Bien vrai ?

— Vous avez ma parole. Et soyez sûr qu'un garde-pêche apprend à ne pas l'aventurer ! Après tout, nous avons tous prêté serment... »

Comme il prononçait ces mots, les traits du retraité soudain se révulsèrent. La main porteuse du tube de pommade le laissa échapper et les épaules, projetées en avant, tendirent à les rompre les bretelles du fauteuil.

« Qu'est-ce qui ne va pas ? » s'alarma le pilote.

Xhan se mordit la langue pour ne pas perdre connaissance. Du sang s'écoula avec une bile jaunâtre du coin de ses lèvres. Là-bas, très loin, des étoiles de rouille s'ouvraient sur le dallage métallique. Xhan fut un moment sans pouvoir parler. Puis il se rencogna dans son siège, l'air hagard, incapable de réunir ses mâchoires écartées par la crise.

« Des douleurs... au ventre... Rien de plus... fit Xhan essoufflé.

— Voulez-vous que je vous conduise à une plateforme médicale ?

— Non, c'est inutile. Chez moi... je serai mieux chez moi.

— Tout de suite, Xhan. D'ailleurs le vent forcit, nous ferions mieux de décoller avant que le sable n'obstrue les tuyères... »

4

À l'instant où Xhan franchit le seuil du bloc d'habitation, un léger picotement s'éveilla derrière ses oreilles, en bordure des cheveux, qu'il savait annoncer un péril imminent. L'ancien garde-pêche devait à ce sixième sens d'avoir échappé plusieurs fois à la mort, dans les eaux turbulentes d'océans lointains. Mais cette fois, bien qu'avançant à pas prudents, au ras du mur, il se laissa surprendre par le filet tombé du plafond, au débouché du couloir.

« Saleté ! » s'exclama le retraité en roulant au sol.

En un instant, des cristaux de verre par milliers, à moins qu'il ne se fût agi d'épines métalliques, lui couvrirent le visage et le corps. Il se gratta avec frénésie. Partout où couraient ses doigts, les projectiles semblaient fuir ou refluer, tombaient en désordre sur la moquette. Xhan grimaça, aspira l'air entre ses dents. Pourtant non, ça ne faisait pas mal… Il rouvrit les yeux qu'il avait fermés dans un réflexe protecteur.

Tout autour de lui, de minuscules lingots de métal argenté jonchaient le sol. Des unitaires… Chaque barrette en valait vingt. Il y avait là pour cinq ou sept mille unitaires, peut-être davantage. Une petite fortune… Xhan se releva, balaya les lingots encore accrochés aux flancs de sa chemise. Les barrettes qui tombaient sur d'autres crépitaient, lançaient des étincelles ; elles frétillaient au sol comme de petits poissons semés par la tornade. Xhan tendit la main vers le plafond et sentit se hérisser les poils de son bras. Une nasse électrique… La signature des braconniers.

Repoussant les lingots d'un pied las, il traversa le salon jusqu'au fauteuil pivotant qui gémit sous son poids. Entre ses doigts tournait un vieux timbre téléphonique qu'il claqua contre son cou, du même geste nerveux dont il eût frappé un moustique. Il sentit vibrer le timbre contre sa peau.

« C'est vous ?

— Bonsoir, monsieur Elotym. J'espère que vous avez apprécié notre cadeau.

— Je ne veux pas de cet argent, reprenez-le.

— Ce n'est qu'un acompte. Vous toucherez le solde au terme du voyage.

— Non, reprenez votre argent.

— Vraiment ? Il paraît pourtant que vous en cherchez ? »

Xhan crut que son sang se figeait dans ses veines. Au pli de son coude, la pulsation n'agitait plus la peau.

« Que… Qui vous a dit cela ?
— C'est un bruit qui court.
— Ne m'appelez plus. »

Xhan pressa le timbre téléphonique et l'enfouit au fond d'une poche. Il eut assez de volonté pour ramasser tous les lingots mais, au moment d'en nourrir l'incinérateur, une pleine poignée — *combien de mois de salaire ça pouvait faire ?* —, sa main hésita. Elle restait suspendue, flottante, au-dessus du conduit.

« Tu n'es qu'un lâche… »

Xhan lança les barrettes contre la vitre où elles s'attachèrent un instant, puis coulèrent en pluie sur le verre. Avec celles-ci et toutes les autres, le retraité forma des piles de dix sur la table du salon, puis les compta et recompta. Le total était très supérieur à ce qu'il avait d'abord estimé. Il s'accorda une tasse de café pour réfléchir. Le café bu, sa décision n'avait pas changé. Il fit couler une douche et activa dessous le timbre téléphonique, afin qu'un éventuel mouchard ne pût saisir la conversation.

« Je veux le double, à titre d'avance.
— Accordé.
— … que mon nom ne soit écrit nulle part, ni mon visage montré à quiconque.
— Oui.
— Que dois-je faire ? »

Le lendemain de cet entretien, Xhan s'éveilla avec le sentiment d'avoir trahi et un goût de limaille dans la bouche, comme si tous ses plombages avaient fondu pendant son sommeil. Pas un instant, cependant, sa conscience n'entrava les gestes qu'il avait préparés, et qu'il exécuta dans l'ordre convenu. Il fourra dans un grand sac ses cuissardes et sa veste matelassée dont l'hameçon d'argent, emblème des gardes-pêche, avait été arraché. Trois taxis différents l'emportèrent près du lieu indiqué, qu'il rallia à pied pour ne pas donner d'indice à quiconque. Xhan se laissa fouiller au pied de l'astronef, menotter et bander les yeux pendant la durée du voyage. Et ce fut seulement à l'arrivée, sur une plage de sable rouge battue par les vents, que sa mission lui fut communiquée.

« L'acceptez-vous ?

— Il semble que je n'ai plus guère le choix ! » observa sobrement le retraité.

Sur la carte qu'on déroula devant lui, l'ancien garde-pêche pointa les lagunes où, croyait-il, les chances étaient meilleures d'attraper des crabes ventriloques, une espèce protégée dont la capture se punissait d'emprisonnement.

« Cette planète connaît-elle des marées ?

— Oui, lui répondit-on.

— Combien de temps la mer est-elle basse ?

— Trois heures de temps unitaire.

— Alors, nous disposons de trois heures pour remplir nos pièges… Ensuite, les crabes s'enfonceront dans leurs galeries d'où nous ne pourrons plus les extraire. »

Xhan ne voulut l'aide de personne pour

confectionner les nasses pyramidales en jonc de mer. Par chance, les crabes y affluèrent dès la mise à l'eau — de sorte qu'avant midi le client, un millionnaire taciturne, donna quittance au retraité de sa besogne.

« Vous avez fait du bon travail, le félicita son correspondant de la veille. Nous vous rappellerons.

— Il n'en est pas question, répliqua Xhan en soulevant un sac rempli d'unitaires. Oubliez-moi. »

De retour au bloc d'habitation, l'ancien garde-pêche s'empressa d'appeler Moox :

« J'ai l'argent.

— Déjà ? Comment avez-vous fait ? Ce n'est pas un prêt de la confrérie, j'espère ?

— Non, le rassura Xhan. Quand pouvons-nous partir ?

— Je m'en occupe. »

Dès qu'il eut raccroché, la nausée qui le tourmentait depuis l'aube soudain s'enragea. Xhan n'eut que le temps de courir aux toilettes avant d'expédier en longs jets brûlants le contenu de son estomac. Dans les chutes de vomi filait un peu de sang.

5

Maintes rumeurs circulaient sur l'Outre-Monde, dont l'évidente absurdité n'empêchait pas qu'on leur ajoutât foi, et que les voyageurs les plus intrépides ne sentissent en coupant la frontière — ligne ininterrompue de sémaphores clignotants, sur des millions de kilomètres — le délicieux vertige des transgressions.

De *l'autre côté*, chuchotait-on, le ciel était plus sombre, les étoiles plus distantes, la vie plus improbable. Des mondes inconnus germaient au sein du néant, ou s'y trouvaient précipités par de muets cataclysmes. Privés d'itinéraires, sans autre cartes que celles, de facture médiocre et de fiabilité discutable, dressées par les contrebandiers à leur propre usage, les vaisseaux progressaient en aveugles, tâtonnant l'immensité du bout de leur faisceau radar. Il n'était pas rare qu'un aérobus des Grandes Lignes payât d'une aile brisée ou d'antennes arrachées son incursion dans l'Outre-Monde. Et les capitaines ne manquaient pas non plus pour raconter comment, à tel point extrême de leur voyage extérieur, une épave fabuleuse, celle du *Prince étoilé*, avait surgi sur leur écran ; comment ils s'en étaient approchés et même l'avaient frôlée — bien que la verrière de la passerelle ne laissât rien voir, au-dehors, que le vide et la nuit…

Comme de raison, l'expansion de l'Unité dissipait les légendes fixées auparavant dans l'Outre-Monde, et tombées ensuite dans l'Espace Domestique. Au mieux, elles étaient repoussées, transportées plus loin, mais la plupart simplement n'y survivaient pas. Il en était cependant d'assez robustes pour se perpétuer sur les planètes colonisées, et parfois même au cœur de vastes mégapoles. Trois mois avaient suffi, après la découverte de l'œil de poisson géant, pour instruire la plupart des habitants de l'Unité de ce rare phénomène. Xhan se défendait d'en avoir parlé à quiconque ; Moox n'y aurait pas eu intérêt. Qui alors avait semé la rumeur ? En tout cas, six cents milliards d'hommes et de femmes avaient maintenant connaissance qu'en un point ignoré de l'Outre-Monde, sur une planète à l'uniforme manteau liquide, vivait une espèce de poisson dépassant en taille et en masse tous ses congénères. C'était assez pour projeter dans toutes les directions de l'espace des hordes de vaisseaux-pêcheurs, furtifs et puissants, dont l'équipement ne répondait bien sûr à aucune des normes édictées par l'autorité halieutique.

L'idée généralement admise était qu'à force de

sillonner l'Outre-Monde, ces pêcheurs mercenaires finiraient par dénicher la planète-océan et qu'aussitôt c'en serait fini des créatures qu'elle abritait... Moox partageait cette crainte. Voilà pourquoi, pilotant son vaisseau d'approche depuis le terminal des Grandes Lignes, il avait compliqué l'itinéraire de nombreux détours, virages et accélérations, propres à désorienter non seulement d'éventuels poursuivants mais aussi Xhan Elotym, son unique passager, qui passa l'essentiel du voyage étendu sur sa couchette, mâchant des pâtes citronnées pour réprimer son envie de vomir.

« Est-ce encore loin, Moox ?

— Vous m'avez posé trois fois la question, monsieur Elotym ! Quelle impatience ! Si vous avez envie d'uriner, ce vaisseau est équipé de sanitaires très commodes !

— J'ai la nausée. Vous connaissez mes problèmes digestifs.

— Face à vous, dans la glissière du fauteuil, il y a des pochettes imperméables... »

L'ancien garde-pêche se retourna sur sa couchette avec un grognement.

« Dites-moi, c'est sérieux, vos maux de ventre ? Les dispensaires sont plutôt rares là où nous allons... Et la plateforme médicale la plus proche doit se trouver sur Périphis, à vingt minutes-lumière !

— Ça me regarde.

— Je suis responsable de cette expédition, ça me regarde aussi ! »

Xhan se redressa sur la couchette et resta assis un moment, agrippant des mains le bord du matelas pour freiner le roulis. Les yeux fermés, il gonfla et vida ses joues plusieurs fois. Son visage était d'une pâleur lunaire.

« Vous m'entendez, Xhan ? Vous n'avez pas l'air dans votre assiette ? »

Le retraité fit un salut confiant de la main et tira d'une poche de son maillot une pipe en plastique, comme on n'en trouvait plus guère qu'au musée.

« Peut-on fumer ici ?

— Vous seriez à bord d'un vaisseau des Grandes Lignes, on vous passerait les menottes d'avoir seulement posé la question ! Savez-vous que dans un astronef les hublots n'ouvrent pas ? Enfin, il y a longtemps que mes détecteurs sont hors d'usage... Vous avez ma permission. »

Xhan tira quelques brins d'herbe sèche d'un long étui et se mit en devoir de garnir le fourneau de sa pipe, travail salissant qui jonchait la couchette de brisures calcinées.

« Ce ne sont que des plantes médicinales... Le docteur m'a prescrit des cachets, mais je préfère une bonne vieille pipe ! Entre autres vertus, la fumée dissipe les nausées et procure au corps une chaleur agréable. Je crois que la civilisation humaine a beaucoup perdu en abandonnant l'usage de fumer, comme d'ailleurs celui de monter à cheval. Parfois, le progrès fait fausse route... »

Le retraité plongea dans le fourneau de sa pipe une tige incandescente, fine comme un bâtonnet d'encens. L'instant d'après, des spirales de fumée mauve se lovaient dans l'air chaud de l'habitacle.

« De quoi souffrez-vous, au juste ?

— Une tumeur au foie. Si j'en crois le médecin, mes jours sont comptés. Et le compte est serré. »

La pipe brasillait, chaude et savoureuse. Xhan la mordillait avec entrain, tel un chiot son os tout neuf.

« Ça n'a pas l'air de beaucoup vous affecter ! observa Moox.

— Bah, je n'y peux pas grand-chose... Et puis les médecins ont parfois tort ! Qui sait si les eaux de cette planète n'ont pas des propriétés méconnues, capables de m'apporter la guérison ?

— Je vous le souhaite, monsieur Elotym. »

Le pilote plaça le vaisseau sur une trajectoire rectiligne et quitta les commandes.

« Faites-moi goûter cette pipe... Je n'en ai jamais vu qu'en photo, je me demande bien quel goût ça peut avoir ! »

Xhan lui tendit le tuyau allumé, expliqua comment s'en servir. Pourtant, il ne put empêcher le pilote d'étouffer à moitié, crachant et ronflant, des larmes charbonneuses ruisselant de son nez — avant qu'enfin, au troisième essai, Moox parvînt à charmer le serpent ondoyant des fumées.

« Teuh ! Teuh ! En voilà une machine ! râla Moox en rendant la pipe. Mais le goût me plaît.

— Ne vous l'avais-je pas dit ?

— Xhan, je ne sais rien de vous. Nous n'avons parlé que pêche et poissons... Êtes-vous originaire de Central Spectra ? »

L'ancien garde-pêche fit rouler le tuyau au coin de ses lèvres :

« En toute rigueur, j'ai vu le jour dans l'autoclave d'un laboratoire. Il n'est pas fait mention de mes parents naturels sur ma fiche d'identité, mais seulement d'échantillons séminaux anonymes, déposés trois ans plus tôt à la Banque de Fécondité. Rien n'obligeait les services unitaires à rapprocher l'ovule et les spermatozoïdes qui m'ont engendré ! Mon existence résulte donc d'une décision administrative. Elle répondait, je suppose, à un déficit passager des naissances qui exigea de redresser la courbe démographique.

— Une histoire peu banale... » estima le pilote qui surveillait du coin de l'œil les cadrans de l'astronef.

« Oh, je ne me plains pas ! Le statut de pupille présente certains avantages... Sans l'appui de l'administration, je n'aurais pu intégrer la confrérie des gardes-pêche !

— Comment cela ?

— L'accès est très sélectif, près d'un million de candidats se présentent chaque année à la centaine de postes ouverts. Mais les orphelins de l'Unité, eux, sont admis sans concours. À l'âge de dix ans, le gouvernement nous affecte à l'un de ses bureaux, celui par exemple de la sécurité astronautique ou de l'inspection sanitaire. Quelqu'un a estimé, j'ignore pourquoi, que j'avais les aptitudes d'un garde-pêche...

— Celui-là ne s'est pas trompé, si l'on en juge par vos brillants états de service !

— Que savez-vous de mes états de service, Moox ? »

Secoué d'éternuements, le pilote se détourna un instant pour ouvrir son mouchoir.

« Simple hypothèse. Disons que vous portez le pantalon de treillis avec un grand naturel...

— C'est la sixième paire dont m'ait pourvu l'administration. Quand j'ai boutonné mon premier pantalon, coupé bien sûr à mes mesures, j'avais seulement douze ans... Un détail vous a peut-être échappé : les pantalons des gardes-pêche sont sans braguette, du moins pour ceux de ma génération. Il est une raison très simple à cela. Jusque récemment, le règlement de notre confrérie prescrivait l'émasculation des jeunes recrues...

— Pas possible ! réagit le pilote avec une émotion sincère. Ils vous ont fait ça ? »

Xhan semblait prendre la chose à la blague. Souriant, il fit le geste de sectionner le tuyau de sa pipe.

« Mais pourquoi ? continua Moox.

— Je crois que le gouvernement avait du métier de garde-pêche une conception désuète.

Pour eux, nous étions tous des solitaires et des taiseux, par nature rebelles à la vie familiale. Cette ablation les assurait de notre engagement, en prévenant les désertions toujours possibles. Aucun risque que nous lâchions la confrérie pour une femme ! D'ailleurs, la castration était pratiquée à l'époque dans de nombreux milieux : les religieux, les soldats, les gardiens de balises... Mon point de vue sur la question, je dois le dire, a beaucoup changé. Si d'abord cette soustraction de ma virilité m'avait indigné, aujourd'hui je l'excuse, et j'en suis presque à l'approuver... Quand je vois les tourments qu'endurent les mâles entiers dans leur union à l'autre sexe, je réfléchis que manquer d'un pénis n'est pas sans avantage ! »

Moox considéra son passager d'un nouvel œil. Il savait maintenant à quoi attribuer le malaise physique, léger mais réel, que lui causait la présence de Xhan Elotym : c'étaient ce visage glabre, ces épaules courtes, ces bras dont les muscles pendaient en baluchons et surtout cette voix, une demi-octave plus haut qu'il aurait fallu — une voix pareille à l'oiseau indécis qui ne veut reposer nulle part, voletant sans cesse du grave à l'aigu.

« Je retourne aux commandes, nous allons bientôt entamer notre descente ! » indiqua Moox dans un reniflement.

Après un temps qui parut interminable, le vaisseau amorça une lente décélération que n'indiquèrent ni effet de pesanteur ni frottement de l'air sur les ailerons, mais le défilé ralenti des étoiles dans l'ombre du hublot. Un nouvel objet s'était levé à l'horizon de la passerelle : d'abord pointe d'épingle au foyer du grand drap stellaire, puis tache bleutée dont les contours peu à peu s'arrondirent. Quand enfin cela prit tournure de planète, Moox pesa d'une main prudente sur la manette de propulsion.

« Voilà Canisse ! annonça le pilote.

— Elle s'appelle donc "Canisse" ?

— Une transcription du nom que lui donnent les indigènes... Ils n'ont pas d'écriture, nous n'avons fait qu'énoncer dans la langue unitaire ce que nous entendions dans la leur... Moyennant, sans doute, une légère distorsion. »

À mesure que le vaisseau perdait de l'altitude, Canisse grandissait dans la lunette avant, jusqu'à l'emplir tout entière. Les feux unis de Khan et d'Ikassar, deux étoiles visibles, à ce moment conjointes au zénith, établissaient sur la face éclairée de la planète un brûlant midi. Le bleu uniforme de l'océan gagnait alors son maximum d'intensité. Il rayonnait dans l'espace, bien au-delà de sa fine atmosphère, et projetait sur les parois d'aluminium de la cabine ses flammes nacrées. Xhan, ébloui, plissait les yeux.

« Cet astre est-il habité ?

— Il est même peuplé, quoique l'effectif total des Canissiens soit à raison du peu d'îles émergées : je doute qu'il excède la centaine de milliers d'individus... Le vaste océan qui couvre la planète porte aussi un nom : c'est Ramorine.

— Et les Canissiens, à quoi ressemblent-ils ?

— À des humains des temps préhistoriques, mais une préhistoire qui eût gardé ses dinosaures ! »

L'ancien garde-pêche scrutait la surface bleue de Ramorine. Comme leur descente se poursuivait, la couleur unie qui nappait la lunette du vaisseau changea de texture : il semblait de l'immense océan comme d'une pièce de tissu qui revêt, à distance, un aspect lisse et coulant puis montre des plis si l'on s'approche. Des nuages d'altitude s'étiraient en mèches soufrées dans la haute atmosphère. Plus bas, la houle assez forte ouvrait au flanc des vagues de longues plaies d'écume, bientôt ravaudées par le vent. Cependant, on n'apercevait toujours aucune terre, ni le moindre fondement solide à l'habitat humain. Xhan s'en étonna :

« J'ai abordé bien des planètes au cours de ma carrière. Depuis l'espace, elles semblent désertes et vierges de toute occupation. Mais en perdant de l'altitude, les villes apparaissent, les barrages, les routes, les constructions humaines... Rien de tel sur Canisse. De l'eau, de l'eau à perte de vue ! Où poserez-vous le vaisseau ?

— Il faut des yeux exercés. Pourtant, nous sommes juste à l'aplomb d'une petite terre... Regardez ! »

Quand l'îlot perça la surface de Ramorine, ils

étaient assez bas pour soulever des tourbillons de sable. Jusqu'au dernier moment, Xhan n'aperçut pas le bateau ancré à courte distance du rivage, dont la coque transparente laissait voir au travers.

« Nous sommes attendus, expliqua le pilote.

— Par qui ? »

Moox éluda la question méfiante du retraité.

« Nous n'avons aucune chance de trouver les gros poissons par nous-mêmes. Il nous faut l'aide d'un Canissien et, pour gagner cette aide, celle auparavant d'un entremetteur.

— Il n'y a personne sur l'îlot, ni à bord du bateau…

— N'ayez crainte. *Elle est là* ! »

6

À peine les deux hommes avaient-ils foulé le sol de l'îlot que le sable remua et s'ouvrit sous leurs pieds. Une forme humaine s'en dégagea, femme à la cuirasse poussiéreuse dont la main gauche pointait un grand tube-à-douleur. Xhan eut le réflexe de saisir sa propre arme, mais la ceinture réglementaire n'entourait plus sa taille. Ses doigts nerveux se refermèrent sur le vide.

« Pas croyable… souffla l'inconnue en rengainant son tube. Un disciplinaire !

— Un garde-pêche, corrigea Moox. Mais il n'exerce plus…

— Encore mieux ! »

Le temps de ce bref échange, Xhan n'avait pas quitté des yeux la jeune femme qui trépignait pour chasser le sable des joints de son armure. C'était la plus curieuse qu'il eût jamais vue, assemblage cliquetant de vertèbres et d'os animaux, tenus ensemble par des brins d'algue élastique. Une carapace aux grosses écailles couvrait le torse. Toutefois, ce furent les pièces d'épaule qu'il reconnut d'abord : leur contour arrondi et les deux trous jumeaux désignaient sans doute possible un clapet de vessie natatoire de poisson-taupe. Ce poisson peu fertile était partout menacé, et bénéficiait partout d'une protection rigoureuse. Xhan sentit la réprobation durcir son regard. Il rabattit en hâte la capuche sur son visage, crainte d'afficher ses sentiments. Trop tard : la braconnière l'avait flairé.

« Cet homme ne m'inspire pas confiance. Tu n'aurais pas dû l'amener ici.

— Je m'en porte garant, déclara Moox en posant sa main sur l'épaule de l'ancien garde-pêche.

— Ça ne suffira pas. Je ne pourrai assurer sa sécurité si ça tourne mal…

— Allons, Iolana, monsieur Elotym ne cherche querelle à personne ! N'est-ce pas, Xhan ? Il vient pour le poisson.

— Beaucoup d'étrangers s'intéressent au poisson ! ironisa la braconnière. Ça n'empêche pas les accidents. »

La jeune femme avait pris une posture bizarre, les genoux fléchis, les épaules déjetées, tel un animal prêt à bondir. Xhan remarqua les pieds nus, aux innombrables balafres, qui dépassaient des plaques noircies ficelées à ses tibias. Ces pieds littéralement ne tenaient pas au sol, bondissant de côté et d'autre comme pour échapper au sable brûlant. Les braconniers, disait-on, cultivaient la méfiance à l'égal d'un art. Leur survie dépendait souvent de leur promptitude à s'effacer d'un écran radar — voire du réticule d'une arme à feu.

Moox prit Iolana à part, faisant signe de s'éloigner à son passager. Xhan acquiesça d'un signe de tête et marcha quelques pas en direction de la mer. L'océan Ramorine cernait l'îlot de tout côté, déployant d'un horizon à l'autre un spectre de couleurs : violine et presque pourpre à l'occident, que n'allumait aucun astre ; d'un bleu soutenu à l'orient, où deux étoiles chevauchées croisaient leurs feux... En bordure de l'îlot, la mer couvrait le sable d'un étalement clair et brillant, comme du vernis répandu.

Un détail toutefois l'intriguait. Au cours de la descente, il avait remarqué le peu d'agitation de l'eau alors que le sable, pris dans les turbulences des réacteurs, volait et fusait en tous sens. À présent, c'étaient ces vagues molles qui s'échouaient sans bruit et sans écume, formant de lourdes tresses aux reflets de verre cuit. On eût dit l'enroulement sur lui-même d'un cordon de gelée. Xhan avait déjà rencontré ce phénomène sur de grosses planètes, affligées d'une gravité importante. Autant cependant qu'il en pouvait juger par le poids des jumelles pendues à son poignet, la gravité régnant à la surface de Canisse différait peu de celle des planètes standards de l'Espace Domestique, dont Vieille-Terre formait l'étalon. Pourquoi, alors, l'eau de Ramorine se comportait-elle si étrangement ? Xhan s'approcha du bord et s'agenouilla pour l'examiner de plus près. Il allait y tremper les doigts quand une exclamation fusa :

« Attention, malheureux ! »

La braconnière fit un bond prodigieux, un bond comme n'en réussissaient que les soldats d'élite aux prothèses motorisées. Avant que Xhan pût esquisser le moindre geste, la jambe d'Iolana, lancée en rotation rapide, fauchait son bras et envoyait le retraité pirouetter sur le sable. Xhan se remit péniblement sur pied.

« Toucher l'eau est-il *tabou* sur cette planète ? » protesta l'ancien garde-pêche, en massant son poignet endolori.

Les grains de sable crissaient désagréablement sous ses dents. Il s'en purgea à longs jets de salive.

« Canisse est dangereuse, avertit la braconnière d'un ton lugubre. En mouillant vos doigts, vous auriez perdu vos ongles, puis la chair en dessous… Ce qui paraît de l'eau n'est pas de l'eau, mais un fluide corrosif dont l'acidité culmine pendant la quatrième éclipse, celle d'Ikassar, tous les dix jours environ. Ramorine se transforme alors en un piège mortel ! Un caillou jeté dans cette soupe chimique se dissoudrait avant d'atteindre le fond… »

Xhan considéra la mer avec incrédulité. Était-ce une illusion, ou l'aspect de l'eau avait-il changé ? La course des vagues, il l'aurait juré, s'était encore ralentie depuis leur atterrissage. On eût dit qu'une force invisible freinait l'épanchement de l'océan.

« Et des poissons survivent dans une eau pareille ? s'étonna l'ancien garde-pêche. Sur Vieille-Terre, il n'y a que les grenouilles pour tolérer un pH de 4 ! Ce n'est que l'acidité de la bière !

— Quand Ramorine devient acide, les poissons gagnent les profondeurs. C'est tout ce que nous savons. Et puis, que nous importe ? Il suffit qu'au moment où les poissons percent la surface, nos canons soient là pour les accueillir ! »

Iolana pressa des deux mains une détente imaginaire, en sifflant pour imiter l'éjection du harpon. De ce seul geste, Xhan déduisit le type d'arme en usage chez les braconniers : un percuteur pneumatique, à deux poignées justement, bien sûr proscrit par l'autorité halieutique... Il tira de nouveau sa capuche.

Moox, semblait-il, avait rempli son office auprès de la jeune femme, à moins qu'une bonne main n'eût vaincu ses réticences. La braconnière conduisit les deux hommes au bateau et les embarqua, non sans les pourvoir d'un collier de sauvetage et de nombreux conseils.

« C'est déjà l'éclipse de Khan. Les embruns trouent la peau comme de la mitraille ! » précisa Iolana, qui leur demanda de s'écarter du bastingage où ils risquaient des éclaboussures.

En deux heures d'une navigation lente et peureuse, le bateau transparent aborda un genre d'île artificielle formée par le regroupement circulaire d'une vingtaine de vaisseaux-pêcheurs.

La petite flottille baignait en pleine eau, sans la moindre terre visible alentour. Chaque astronef s'amarrait à ses voisins par des câbles de carbone épissés, renforcés encore par l'abouchement de deux aimants d'accostage. En revanche, les braconniers n'avaient mouillé aucune ancre.

« La mer est trop profonde, indiqua Iolana en bondissant sur la passerelle, il faudrait des kilomètres de chaîne. D'ailleurs, nous pourrions dériver tout un mois, la probabilité d'accrocher un îlot serait quasi nulle…

— Mais pourquoi ne pas camper sur la terre ferme ? s'interrogea Xhan de bonne foi. Sur ces îlots, justement ?

— Il y a des raisons à notre isolement, dont Gurban vous fera part s'il le veut. »

Moox et son passager furent introduits auprès du dénommé Gurban, dont l'imposant vaisseau occupait le foyer de cette structure flottante. C'était l'engin le plus délabré que Xhan eût jamais vu : les impacts de tirs et les éraflures nacrées des lasers s'y lisaient un peu partout, et il ne semblait plus subsister une seule pièce du bâtiment d'origine, ravaudé au gré des combats. À l'arrière, les turbines pissaient une huile noire et nauséabonde tandis qu'à l'avant un faisceau d'aigrettes électriques, apparemment déphasées, crépitaient à rendre sourd.

L'intérieur, en grand désordre, évoquait une roulotte bohémienne. S'entassaient là des armes de tous calibres et de toutes époques, des collections d'hameçons, de flotteurs et de lignes, parmi des filets électrifiés dont certains, étalés sur les cloisons métalliques, dégouttaient encore du fluide de Ramorine. Des trophées de pêche habillaient les parois, pour lesquels le retraité éprouva une vive curiosité. C'étaient en majorité des espèces menacées ou déjà disparues — Xhan identifia l'une d'elles, protégée par une résille de force : il s'agissait du *Muplex*, un poisson résultant d'une anomalie génétique qui n'avait engendré qu'une vingtaine d'individus, et que son savant *Guide Outre-Monde des Chasses et des Pêches* avait étiquetée, il s'en souvenait, « proie la plus convoitée de tous les mondes ».

« Le *Muplex*, hum ? grogna Moox en s'approchant.

— Vous connaissez ?

— Pardi ! Quel pêcheur n'a pas rêvé qu'une de ces créatures de cauchemar vienne un jour mordre à l'hameçon ?

— Elle en ferait des miettes... Deux mille trois cents dents, rangées jusqu'à l'estomac ! Et d'autres comprimées sous la mâchoire, qui n'ont pas la place de percer ! »

Près du quart de l'astronef était occupé par un treuil colossal, qui semblait hors d'usage. Un filet d'eau rouillée ruisselait du tambour, formant à la base du cylindre une flaque automnale. L'extrémité du câble portait un crochet unique, vrai chef-d'œuvre de forge, auquel cependant nulle créature vivante ne paraissait proportionnée.

« Que pêchez-vous avec ça ? » s'étonna Xhan — mais la braconnière l'entraîna sans répondre derrière le paravent d'écailles qui fermait l'arrière de l'habitacle. Ils pénétrèrent dans la cabine de Gurban, en fait un bivouac établi dans un renfoncement du vaisseau. Le sol était jonché des coquilles vides d'un mollusque inconnu, des centaines et des centaines de carapaces que les visiteurs en marchant broyaient sous leurs talons, soulevant à chaque pas une poussière crayeuse à l'odeur de talc. Un sac végétal rempli des mêmes animaux encombrait la table où le couvert de Gurban était dressé.

Le chef braconnier était en train de prendre son repas, piochant des coquillages dans le sac, les dépouillant adroitement de leur armure avant de les gober, ruisselants d'eau verte, sans se soucier d'éclabousser sa barbe aux tresses versicolores. De stature imposante malgré une taille moyenne, Gurban était revêtu ainsi qu'Iolana d'une cuirasse cartilagineuse, mais d'aspect plus robuste, comme si les écailles l'avaient couvert à plusieurs épaisseurs. Il portait la tête légèrement inclinée sur l'épaule, position qui donnait à son regard, toujours oblique, un air inquisiteur et malsain.

« Que venez-vous faire sur Canisse ? » s'enquit d'emblée le braconnier, après un bref salut auquel, devina Xhan, se réduiraient les présentations. « Il n'y a que trois raisons d'effectuer ce voyage aux confins de l'Outre-Monde, développa Gurban. La première est la chasse aux poissons géants. La deuxième est la pêche aux coquillons dont cette maudite planète a l'exclusivité. La troisième est l'espoir de vivre une aventure, en explorant un monde quasi vierge et déjà mal famé. Vous n'avez plus l'âge de risquer votre peau dans une expédition. Restent donc les poissons ou les coquillages. Alors, lequel des *deux* ? »

Gurban élevait l'index et le majeur bien en vue de l'ancien garde-pêche. Xhan s'avisa alors que la main du braconnier ne comptait que deux doigts, sans qu'il parût pourtant avoir perdu les autres — non, la main semblait saine et bien conformée, pourvue naturellement de deux doigts et d'ongles très aigus.

« Ces gros poissons m'intéressent, déclara Xhan d'une voix mal assurée, mais je n'ai pas l'intention de les chasser. Je voudrais seulement les voir.

— Balivernes ! On ne traverse pas la moitié de l'univers connu pour lorgner des *mégathalos* ! D'autant que ces créatures pointent rarement leur museau hors de l'océan, on vous a prévenu ? »

Par un jeu invisible de sangles et de leviers, la cuirasse de Gurban avait gonflé autour de sa poitrine, lui conférant l'allure d'un oursin diadème. Sans détacher les yeux du retraité, il s'empara d'un gros coquillage et l'aspira entre ses dents fermées. Ce fut à cet instant que Moox, témoin silencieux de ce premier échange, intervint en faveur de son passager :

« Seigneur Gurban, Xhan Elotym est ici à mon invitation… J'ai seul rendu possible ce voyage.

— Vous n'auriez pas dû ! siffla le braconnier. Quelles étaient vos intentions ? Voulez-vous encourager le tourisme sur Canisse ? Une planète où la mer se change tous les dix jours en bain d'acide, où les coquillages sont explosifs et où les indigènes ne perdent jamais l'occasion d'un mauvais coup ? Ne parlons pas des *patineurs*, ces satanées bestioles qui nous obligent à prendre des tours de garde, chaque nuit ! Je ne pense pas qu'un poisson, si spectaculaire soit-il, mérite d'exposer sa vie… Nous autres braconniers avons quelque raison d'explorer ce monde et d'en scruter les ressources, la pêche est dans notre nature. Mais vous, monsieur Elotym, vous n'avez rien à faire ici… Profitez d'un jour où de bons coquillons m'allègent l'humeur pour retrouver votre vaisseau et déguerpir ! »

Le poing de Gurban s'abattit avec élan sur la table, faisant rouler par terre des coquilles vides. Tant la cuirasse du braconnier avait enflé, elle comprimait son cou et bridait sa respiration. Xhan se demanda si c'était exprès. Il avait entendu dire qu'en rationnant leur souffle, les guerriers aiguisaient leur courage — et, d'ailleurs, les amants leur plaisir.

« Quant à vous, Moox, reprit Gurban hors d'haleine, je vous acquitte de cette maladresse, en souvenir des services que vous nous avez rendus… Mais c'est la dernière fois ! Il est dans notre intérêt commun que Canisse reste, le plus longtemps possible, ignorée du gouvernement de l'Unité. Chaque fois que vous introduirez ici un étranger, vous mettrez en péril la planète et ses habitants, sans parler de notre petite communauté. C'est entendu ? Nous ne tolérerons pas de nouvelles intrusions ! Iolana, je te prie de raccompagner ces messieurs. »

Un long silence s'ouvrit. Gurban, dont la cuirasse désenflait peu à peu, avait tranquillement repris son dîner. C'est alors que Xhan sentit la main d'Iolana lui agripper le bras. Avec une vigueur qu'on n'eût pas supposée à sa petite stature, la jeune femme le souleva du sol et l'emporta ainsi, les pieds battant le vide, jusqu'aux portes du vaisseau. Moox, penaud, suivait quelques pas derrière. Ils retrouvèrent la clarté du ciel canissien, à présent d'un beau jade. La progression de la troisième éclipse l'enrichissait de nuances imprévisibles, comme si la voûte s'était déchirée par endroits sur un éther flamboyant.

« Quelle comédie ! protesta Xhan. Ce vaurien qui nous fait la leçon ! Et vous le prétendiez votre ami ! Est-ce pour cela que vous m'avez amené ici, Moox ?

— Je suis désolé, s'excusa le pilote qui donnait tous les signes d'une sincère contrition. Je ne m'attendais pas à cet accueil ! Mais il faut les comprendre... Les pêcheurs étrangers sont de plus en plus nombreux à trouver l'accès de

Canisse. Ils constituent une menace pour les mégathalos et la population indigène.

— … parce que les braconniers ne les menacent pas, eux ? »

Le retraité eut un geste impatient où se lisaient l'ironie et l'exaspération.

« Moox, enchérit l'ancien garde-pêche, vous savez que je n'ai aucune sympathie pour ces pilleurs d'océans ! Je les ai combattus toute ma vie et, s'il n'avait été que de moi, il y a beau temps que l'armée unitaire les aurait réduits au silence ! Ce brigand, par exemple… »

Il darda sur Iolana un regard de défi qui fut fermement renvoyé ; l'impression lui resta, désagréable, d'un jet de caillou qui rebondit sur un mur.

Derechef, Xhan et son compagnon enfilèrent le collier de sauvetage et s'abritèrent derrière les vitres épaisses du bateau braconnier. L'engin prit de la vitesse tandis que l'îlot artificiel s'éloignait dans son sillage. Ce n'était plus de l'eau qui éclaboussait la lunette mais un sirop verdâtre mêlé, de temps à autre, des morceaux d'une gelée fumante. Les essuie-glaces peinaient à dégager cette matière qui tombait en paquets sur le pont. Partout où elle s'amoncelait, le métal partait en pelures, comme écorché à vif.

« Décidément, cette planète n'est pas pour moi… » grommela Xhan.

Cependant, à mi-chemin environ de l'îlot, le cap que suivait le bateau s'infléchit nettement vers le nord — ou ce qui en tenait lieu sur cet astre sans pôles. Insérée dans le globe de pilotage, la main d'Iolana s'inclinait dans la même direction.

« Je crois que nous dévions ! » observa Moox.

Pour seule réponse, la braconnière ferma le poing, ce qui fit taire aussitôt le moteur. Un moment indécis, le bateau se mit à flotter au gré du courant ou, plutôt, des poussées erratiques de la houle semi-solide qui le cernait.

« Qu'est-ce que ça signifie ? s'étonna l'ancien garde-pêche.

— Nous voici hors de portée des radars braconniers, indiqua Iolana. Personne ne peut plus nous pister.

— Je ne comprends pas.

— Écoutez-moi. Si vous avez de l'argent, je peux vous conduire aux Canissiens, et vous verrez les mégathalos. C'est l'affaire de deux ou trois jours. Ils vous cacheront.

— Mais votre chef…

— Tous les braconniers ne suivent pas sa règle ni n'obéissent à ses injonctions. Disons que notre groupe connaît… des dissidences.

— Quelle farce ! » s'esclaffa Xhan.

Les mains glissées sous son plastron en cuir de tortue, Iolana ne manifesta d'aucune façon qu'elle avait entendu. Son visage marqué de rides profondes, où les yeux jaunes jouissaient d'une étonnante mobilité, se tourna vers Moox.

« Combien ? » s'enquit solennellement le pilote.

Cette question fit s'écrier Xhan qui depuis un moment, nerveux, tortillait la cordelette de son collier de sauvetage.

« Moox, vous n'allez pas lui faire confiance ! Ne voyez-vous pas qu'elle cherche à nous abuser ? C'est une nouvelle ruse pour nous extorquer de l'argent ! Quand elle aura ce qu'elle veut, elle nous jettera par-dessus bord ! »

Le pilote et la braconnière se tenaient immobiles, sans plus accorder d'attention à leur passager. Ils semblaient sous l'emprise d'une hypnose réciproque.

« Combien ? insista le pilote.

— Deux mille unitaires.

— Mille cinq cents.

— C'est votre seule chance, Moox.

— Mille sept cents.

— Entendu. »

Le retraité se donna une grande claque sur le front. Boudeur, il se tourna vers la lunette et feignit de s'intéresser aux ébats de l'océan, quoique la vitre souillée n'en laissât presque rien voir. En signe d'agrément, Moox avait posé sa main ouverte dans celle, calleuse, d'Iolana :

« La moitié maintenant, le solde quand nous aurons vu les poissons…

— Je ne garantis pas que vous puissiez les voir, nuança Iolana. Ce sont des bêtes capricieuses. Du moins vous guiderai-je vers les campements canissiens. Il vous appartiendra ensuite de recruter un guide. Et l'argent ?

— J'ai ce qu'il faut.

— Comment ? Vous transportez de l'argent sur vous ? » s'étonna encore Xhan.

À la ceinture du pilote pendait un croissant aimanté qu'il frotta sur la manche de sa combinaison. Moox recueillit dans sa paume une belle poignée d'unitaires, pris jusque-là dans un filet magnétique à l'intérieur du vêtement. La braconnière les fit aussitôt disparaître sous les écailles pliantes qui armaient sa ceinture.

« Parfait. À présent, messieurs, cachez-vous derrière ces caisses et n'en sortez que sur mon ordre... Les braconniers ont des espions partout, et le premier qui vous verrait empocherait une belle prime...

— Mais nous sommes en pleine mer ! se cabra le retraité.

— Cet océan est plus peuplé que vous ne le croyez. Un vaisseau-pêcheur peut surgir à tout instant des brumes du ciel. Quant aux pirogues des Canissiens, faites d'une seule écaille repliée de mégathalos, leur discrétion et leur vélocité sont ici proverbiales... »

Les deux hommes finirent par s'exécuter, Xhan d'assez mauvaise grâce, se plaignant que l'odeur âcre des caisses lui donnait la nausée.

« C'est à vomir ! Quelle sorte de poisson transportez-vous là-dedans ?

— ... des appâts seulement. Il s'agit de viscères putréfiés de patineurs. Tous les poissons de Canisse en raffolent.

— Pauvres de nous ! » gémit Moox, saisi d'un haut-le-cœur.

La main d'Iolana s'introduisit dans le globe de pilotage et lança le bateau à pleine puissance dans la direction de Khan, l'astre mordoré, dont l'éclipse était à son maximum. Les hélices du bateau ne brassaient plus aucun fluide mais barattaient ce qui semblait une gélatine homogène, un bloc vitreux auquel chaque coup de pale infligeait de profondes entailles. Ramorine semblait s'être pétrifiée tout entière.

7

Du ruban de varech entortillé autour de sa jambe, Asaibi tira un couteau d'os dont il logea la pointe entre les deux valves du coquillon. Il tenait l'animal à plat sur la main, exactement à hauteur de son regard, et voyait, de part et d'autre d'un œil rouge étoilé, vibrer deux muscles antagonistes. Rien ne les différenciait qu'une irrigation plus prononcée du muscle adducteur qu'il fallait trancher d'un coup sec, sans s'y reprendre à deux fois car l'animal blessé sécrétait une hormone qui le rendait immangeable. L'autre muscle, relié aux centres nerveux, déclenchait l'implosion du coquillon — accident fréquent des collecteurs débutants, dont beaucoup gardaient de sévères brûlures à la main ou au visage, parfois une altération de l'ouïe tant le bruit était fort.

D'un geste rapide, Asaibi trancha le muscle et tourna aussitôt la lame qu'il enfonça tel un coin, poussant de la paume, pour maintenir les valves écartées. L'œil rouge à l'intérieur palpitait de souffrance, épanchant des larmes dorées dont le collecteur s'enduisit les doigts. Il huma la bonne odeur, de résine cuite, qu'exhalait le coquillage agonisant.

« Ô, coquillon ! entonna Asaibi. Ne m'en veux pas de sacrifier ta vie ! Que ton âme vogue à jamais sur les eaux claires de Ramorine ! »

Quand l'étoile au centre de l'œil grisa et durcit, devenant comme de pierre, le collecteur risqua ses ongles sur le bord coupant des deux valves et fit effort pour les séparer. Il s'y reprit à trois fois. Le coquillon enfin s'ouvrit dans un grincement de piège, révélant la disposition de ses organes internes : l'œil et sa ficelle optique, la branchie rose, l'anneau céphalique, le cœur encore battant et la vésicule où s'opérait le mélange explosif si l'on tranchait le mauvais muscle — Asaibi commença par vider cette dernière dans la mer.

Ainsi déployé, le coquillon éveillait son appétit. Le collecteur épongea la sueur qui roulait dans ses yeux, puis tourna la tête de droite et de gauche pour s'assurer que personne ne l'épiait, qu'aucun patineur affamé non plus ne se ruait vers lui, ses antennes barbelées fauchant l'air. Alors il aspira l'intérieur du coquillon dans un frisson voluptueux. Depuis combien d'éclipses n'avait-il pas goûté à la chair sucrée du mollusque ? Cinquante, cent ? Davantage ? Il n'aurait su le dire mais à cette époque-là, il l'aurait juré, sa barbe n'avait pas encore poussé plus long qu'un doigt, ni ses oreilles n'étaient encore grignotées par les brumes acides de la mer.

Les coquillons étaient rares, et donc chers. Un collecteur expérimenté n'en ramassait guère que six ou sept, les meilleurs jours, en majorité de jeunes animaux de la taille d'un gros sou. Des spécimens aussi grands que celui qu'il venait d'ouvrir, on n'en trouvait qu'une fois par saison, et sa revente assurait à Asaibi et à toute sa fratrie leur ration quotidienne de graines marines pendant douze éclipses au moins. C'était folie d'avoir gâché pareil trésor.

« Idiot ! » se reprocha Asaibi, bien que sa peau fût encore hérissée de plaisir.

À l'instant où il proféra cette insulte, des picotements désagréables s'éveillèrent dans ses jambes. Il baissa les yeux et vit l'eau qui moussait, laiteuse, à l'entour de ses chevilles. En remuant le pied, il s'aperçut qu'elle avait déjà épaissi. Sa consistance était par endroits celle de la boue, ailleurs celle de l'huile refroidie. Quelques heures encore, et le lagon tout entier serait pétrifié, empli d'une gelée verte à l'acidité mortelle.

Asaibi s'ébroua les jambes déjà rougies et peleuses et prit sa course vers le rivage. Il dut s'arrêter plusieurs fois pour resserrer le bandage de varech qui pendouillait sur son talon, laissant la peau dangereusement exposée. Chaque foulée lui coûtait plus d'effort, comme si la mer aspirait ses pas, les voulait à tout prix retenir. Il lui semblait soulever des anneaux de pierre, toujours plus lourds et plus blessants. Son regard s'éleva au-dessus de l'horizon bouillonnant d'écume : la troisième éclipse, celle de Khan, avait commencé. Une planète au contour ondoyant mordait l'étoile, projetant sur la mer une ombre couleur de cendre. Asaibi pressa l'allure, mais n'en fit pas moins un long détour pour rester dans la région éclairée.

Quand il arriva au Cercle, l'éclipse était complète. Asaibi jeta son filet à coquillons, son tamis et son grattoir puis roula lui-même à terre, les bras fermés autour de ses jambes sanglantes. Une grimace hideuse étirait son visage. Ce fut Dorâm qui l'entendit gémir. Elle sortit de l'abri, cueillit d'un geste habitué quelques fourmis brodeuses au fond du vivarium puis les sema, tel du gros sel, sur les plaies vives de son frère. Les insectes commencèrent de tisser leurs fils baveux à l'endroit des blessures.

« Un jour, c'est sûr, tu y resteras... observa la jeune femme d'une voix neutre, piquant du bout d'un bâton les lambeaux de peau tombés des jambes meurtries d'Asaibi. Comme ton oncle, comme ton grand-père, comme tous ceux de ta race !

— Aujourd'hui, j'ai ramassé un coquillon d'une taille formidable ! haleta le collecteur. Grand comme ça ! »

Entre les mains écartées d'Asaibi, un crabe géant aurait tenu à l'aise. Dorâm eut une moue incrédule. Son regard, allumé d'un soupçon de moquerie, sonda le filet où s'agglutinaient, telles des pièces de monnaie repêchées d'une épave, une dizaine de coquillons minuscules — des bébés de l'espèce la plus petite.

« Je l'ai mangé ! confessa Asaibi. Mangé ! » répéta-t-il d'un air gourmand, en passant sa langue sur ses lèvres.

Dorâm haussa les épaules.

« Vantard ! Qui te croira ?

— C'est vrai ! soutint le collecteur. *Slurp* ! Aspiré, d'un seul coup ! »

Asaibi s'apprêtait à souffler sur Dorâm son haleine sucrée quand le bruit d'une respiration lui fit lever la tête. Goël, le frère aîné, s'était assis sur le talus pour défaire ses longues échasses en arêtes de poisson. Du sac pendu à son cou dépassaient des touffes d'herbes grises.

« Bonne récolte ? » s'informa poliment Dorâm, bien que la besace aplatie l'eût déjà renseignée.

Goël fit non de la tête, gardant les yeux au sol.

« La tempête a tout balayé. »

Le jeune homme secoua ses échasses dont l'ivoire, jusqu'à mi-hauteur, avait bruni sous l'effet de l'acide. Un peu de sable en tomba, mêlé à de la poussière d'os. D'un repli de sa mentonnière, il sortit une carte en fibre végétale qu'il déroula sur le sol, pressant les coins sous ses bottes. Des étoiles de charbon noir marquaient les îlots avoisinants. Hélas, ça ne ressemblait plus au paysage que Goël venait d'arpenter à grands pas de faucheux. Une nouvelle fois, l'ouragan chimique avait dévasté le fragile archipel de sable et d'herbes folles, noyant les terres basses et rognant les terres hautes, remaniant la carte à sa fantaisie. Ce n'était pas le moindre inconvénient d'habiter Canisse que de subir ses perpétuelles métamorphoses. Les indigènes pouvaient s'y perdre aussi bien que les visiteurs, errant sans direction sur l'océan monotone.

Un soupir de fatigue échappa à l'aîné. Il jeta un regard inquiet au grand cairn qui s'élevait au centre de l'îlot. D'un geste las, il lança dessus quelques cailloux friables glanés entre ses jambes.

« Tu ferais mieux de partir avec moi à la pêche aux coquillons ! ironisa Asaibi. La cueillette, ça ne te réussit pas !

— ... pour m'écorcher tout vif et me faire appeler "bras rouges" par les métèques ? grogna son frère. Merci bien ! Je préfère encore ramasser les herbes ! »

Au mot de « métèques », Dorâm fronça les sourcils. Elle n'aimait pas que son frère traitât ainsi les étrangers. Pour sa part, elle les nommait « visiteurs », sa voix prenant alors l'inflexion du respect sinon de la crainte, car bien rares étaient ceux de l'extérieur qui s'aventuraient sur Canisse sans pendre à leur ceinture de gros tubes-à-douleur.

« Tiens ! » s'exclama Asaibi qui tenait de son père une ouïe remarquable.

Un instant plus tard, un feulement métallique fit lever la tête aux deux frères. La voûte nuageuse venait d'être percée par l'éperon d'un vaisseau-pêcheur. Le grand dard argenté chassait devant lui les brumes qui s'ouvraient à regret, des fils de gaz élastique tendus d'un bord à l'autre de la déchirure, puis se fermaient rapidement dans son sillage.

« Braconnier ou domestique ? s'interrogea Dorâm.

— Ce n'est pas un braconnier, trancha Goël. Le vaisseau est en trop bon état… Et puis, il est rare qu'un braconnier s'aventure seul sur Ramorine. Ils ne patrouillent qu'en meute ! »

Asaibi bondit aussitôt sur ses pieds. Le temps d'attraper une fronde dans un filet pendu aux cornes de l'abri, il se hissait déjà sur le promontoire au bout de l'îlot.

« Cours, larbin, cours ! Va servir tes maîtres ! » s'esclaffa Goël qui restait assis, frottant une pierre coupante sur le bord des échasses.

Asaibi ignora la pique. Il tendit la main à Dorâm qui la remplit de cailloux de craie, ramassés à la hâte sur le sol autour d'eux. Puis le cadet les tira en rafales dans la direction de l'astronef, sans craindre d'abîmer l'épais fuselage. Le dernier caillou, par chance, heurta le nez métallique du vaisseau qui sonna tel un gong. Le collecteur s'écria de joie en voyant s'infléchir vers eux la trajectoire de l'engin.

« Il nous ont vus ! confirma Dorâm, les mains tremblant d'émotion.

— Trois primitifs sur un îlot de sable nu…

Pour sûr, nous leur offrons un beau spectacle ! » grinça encore l'aîné.

Son poing se tendit farouchement vers le vaisseau-pêcheur, puis Goël se réfugia dans l'abri dont il ferma le rideau avec humeur.

Le vaisseau effectua un virage serré au ras de l'eau, ses antennes frôlant la crête argentée des vagues, il prit la mer sans éclaboussures et perdit rapidement sa vitesse. Debout sur le rivage, Asaibi battait des mains. Il connaissait ce modèle d'astronef. C'était un Criquet Vector, l'un des plus luxueux vaisseaux-pêcheurs du marché. Seuls des pilotes très fortunés pouvaient s'offrir des appareils de cette classe.

L'astronef glissait doucement vers la berge, la gelée d'eau clapotant sur ses flancs d'argent. Une silhouette blanche apparut près du bulbe de pilotage, qui semblait minuscule à l'échelle du vaisseau. Aussitôt, le collecteur et sa sœur tombèrent à genoux, la tête inclinée, les mains élevées en offrande. Le pilote du Criquet les regardait d'un air indifférent, tout en mâchant une gomme de fruits. Quand l'ombre aiguë du vaisseau atteignit le rivage, l'homme s'avança vers la pointe brillante du fuselage, sur laquelle il s'assit à califourchon.

« Vous vendez ? » lança-t-il d'une voix forte pour couvrir le sifflement des tuyères.

Asaibi n'entendit pas ce que dit l'étranger mais interpréta facilement son geste — tous les doigts joints, sauf le pouce, rencontrant deux fois ce dernier. Le collecteur fit oui de la tête. Il étala sur le sable une dizaine d'animaux que sa sœur, entre-temps, avait sortis du cuvier, une cavité humide creusée sous l'abri. Le pilote se pencha sur la plage, que le nez du Criquet dominait de plusieurs mètres :

« Ils ont l'air petits. Fais voir ! » grogna-t-il en tendant la main.

Asaibi n'hésita qu'un instant à soumettre sa plus belle prise à l'étranger. L'homme tâta le coquillon de ses doigts munis de papules caoutchouteuses, renifla l'intérieur d'un air dégoûté.

« Tu te fiches de moi ? Ils ont au moins trois jours, tes coquillons ! Les branchies sont violettes !

— Je les ai pêchés hier, votre seigneurie, soutint le collecteur d'un air modeste.

— Tu n'as rien de mieux ? »

Le collecteur haussa penaudement les épaules.

« Et c'est pour ça que tu m'as fait descendre ? s'anima le pilote. Des coquillons tout juste bons à nourrir un patineur ? »

Pendant la conversation des deux hommes, les passagers de l'astronef avaient pris pied sur le pont. C'étaient une femme entre deux âges à l'extravagante coiffure en ailes de chauve-souris et un couple de vieillards, munis ces derniers de pipes à oxygène pour filtrer l'air caustique de la planète. Leurs vêtements dénotaient une grande aisance : tuniques variables aux reflets ondoyants, casquettes tricotées en fil d'argent, mais surtout des bottes cavalières qui éveillèrent l'admiration d'Asaibi, en peau souple d'otarie neigeuse. La femme tenait en laisse ce qui parut d'abord un genre de gros lézard au collecteur, avant qu'Asaibi reconnût, terrifié, un patineur mâle déjà pubère dont les six balanciers armés de griffes cherchaient maladroitement leur équilibre sur le fuselage métallique. Par réflexe, Dorâm prit une poignée de sable, seule défense des malheureux qui rencontraient ces créatures dans le lagon désert. Ce geste amena un sourire sur les lèvres peintes du pilote. Il jeta le coquillon défraîchi à portée du patineur qui s'en empara avec agilité et l'enfouit dans un repli corné de son abdomen. Un instant plus tard, des éclats de nacre broyée jaillissaient de l'orifice.

« Brave bête ! » miaula la femme en flattant l'échine velue de l'animal.

C'était la première fois qu'Asaibi voyait un patineur domestiqué. Sa surprise fut si grande qu'il oublia de réclamer pour le coquillon perdu. Il ne pouvait détacher les yeux du couple que formaient cette femme hâlée à l'allure vacancière et cette bestiole énorme par laquelle il avait vu mourir tant des siens. Présentement, l'aiguillon venimeux s'abritait sous un capuchon de cuir. Quand même, il ne voulait pas s'approcher. Le patineur eût-il été entravé, ficelé à terre, il eût encore gardé ses distances. Le bruit du dard velu s'enfonçant entre les épaules de son père, brisant net les vertèbres cervicales, restait trop frais dans sa mémoire.

« Allez, assez perdu de temps ! annonça soudain l'étranger. Il paraît qu'un mégathalos rôde dans le coin… Je ne voudrais manquer ça pour rien au monde ! »

Les passagers rentrèrent à l'intérieur du vaisseau, suivis du pilote qui s'amusait à lancer très haut des gommes de fruits pour les rattraper, bouche ouverte, sans en laisser tomber une seule. Un moment plus tard, le Criquet s'enlevait de terre dans une seule poussée de ses réacteurs ventraux. Or, à peine avait-il quitté le sol que Goël fit irruption hors de la tente, son poing armé d'un vieux tube-à-douleur. Il courut jusqu'au rivage, ajusta l'appareil qui prenait son essor et fit feu. Ce qui ressemblait à une fusée d'air chaud jaillit de la gueule du tube pour se perdre très haut dans les nuages. Le deuxième tir manqua pareillement la cible, mais laissa son sillage soufré dans un banc de vapeurs. Asaibi se tordait de rire.

« Ah, mon frère ! Quelle adresse ! Si les insurgés comptent sur toi pour chasser les métèques… »

Au contraire, l'incident avait mis Dorâm en fureur. Elle se rua sur l'aîné et lui arracha l'arme des mains.

« Gare, ma sœur… Le canon est brûlant.

— As-tu perdu le sens, Goël ? explosa la jeune femme. Voilà que tu fusilles les étrangers, à présent ? Et d'ailleurs, d'où tiens-tu ce *harpon* ?

— Ce n'est pas un harpon, les métèques l'appellent tube-à-douleur. Je l'ai ramassé dans leur campement…

— Et voleur, en plus ! »

Si Goël répliquait volontiers à son frère et, face à lui, tâchait toujours d'avoir le dernier mot, il se montrait avec sa sœur d'une parfaite caponnerie. L'aîné n'osa pas réclamer l'arme confisquée que Dorâm avait déjà enfouie sous sa robe, et comme tantôt rentra sous la tente en maugréant contre les métèques. On ne le vit pas paraître au dîner, malgré l'offre d'une variété de coquillons assez rare, les « pieds d'argent », dont le grand frère était friand.

« On dirait que Goël me boude ? soupira Dorâm.

— Va, ça lui passera ! tempéra Asaibi. Goël n'est pas maître de ses émotions. Cela l'entraîne parfois à des gestes écervelés ! Qui sait comment les étrangers auraient réagi, si ses tirs avaient fait mouche ? Ils auraient peut-être incendié le campement ! Ou lâché sur nous leur patineur ! »

À cette évocation, l'échine de Dorâm fut parcourue d'un frisson désagréable.

« Les visiteurs sont puissants. Leurs armes font mal. Nous devons nous soumettre. Il n'y a pas d'autre choix.

— Bien parlé ! approuva Asaibi. Pour ma part, je vois que la condition des nôtres est meilleure depuis l'arrivée des métèques.

— … des visiteurs, Asaibi !

— ... des visiteurs, oui. Auparavant, nous n'avions personne à qui vendre nos coquillons, nous n'avions même pas d'argent contre quoi les échanger ! La vérité, Dorâm, c'est que nous menions l'existence des animaux, plus près en cela des fourmis brodeuses que des êtres humains… En conviens-tu ?

— Eh bien, d'une certaine façon…

— Mais les étrangers sont venus ! jubila le cadet. Ils ont acheté nos coquillons avec de bons unitaires et nous ont permis d'acquérir tout ce qui nous manquait : les échasses, les cuillères d'iridium, les lacets résistants... Qui peut nier que notre vie ait changé ? Qui peut nous refuser l'espoir de l'améliorer encore et demain, qui sait ? de piloter un Fulgurant pour nous élever dans les airs ? »

La main d'Asaibi voletait, légère, au-dessus du feu d'herbes à pétrole. La soudaine brûlure d'une escarbille rendit ses esprits au collecteur. Il tapota en panique son manteau qui brûlait. Dorâm lui objecta avec un sourire attendri :

« Goël soutient que les visiteurs payent nos coquillons un prix dérisoire, un centième de ce qu'ils valent en réalité.

— Goël ne sait pas ce qu'il dit ! s'insurgea le cadet. Que vaut-il mieux, que les métèques nous les achètent quelques piécettes, ou qu'ils s'en emparent de force, comme il leur serait si facile ? Bah, notre frère raconte des sottises. Laissons-le ruminer… Demain, il aura oublié ! »

8

Le lever conjoint d'Érez et d'Ikassar rouge à l'horizon sud de l'îlot chassa les brumes piquantes déployées sur l'eau pendant la nuit. La mer d'abord parut pétiller, comme si l'avait frappée une pluie invisible, puis de grosses bulles se formèrent qui crevaient la surface dans des éclaboussures poisseuses. À mesure que s'élevaient les astres, l'eau se libérait davantage de l'emprise des poisons et le ciel s'épurait. Quand ne régna plus, d'un bord à l'autre de l'immense voûte éthérée, qu'un gaz limpide dégradé du rose au noir, le Criquet reparut, escorté de plusieurs vaisseaux de même gabarit qui semblaient ajouter au nombre des étoiles pâlissantes.

Asaibi, Goël et leur sœur, en train de déjeuner debout d'une bouillie d'herbes marines, les regardèrent filer une première fois au ras de l'eau, puis repasser à plus faible altitude.

« Qu'est-ce qu'ils font ? s'étonna Dorâm.

— Ils pêchent le mégathalos. Rappelle-toi ce

qu'a dit le pilote, ils croient qu'il en rôde dans le coin… »

La voix d'Asaibi portait l'accent de la dérision, et même d'un léger mépris. Un regard de connivence s'échangea entre les frères que Dorâm, par égard pour les visiteurs, refusa de croiser. Elle n'en partageait pas moins l'opinion du cadet sur les pêcheurs étrangers, aussi turbulents qu'inefficaces, s'agissant du moins de ce gros poisson qu'ils traquaient en vain d'un bout à l'autre de la planète, jetant leurs lignes au hasard et harponnant tout ce qui agitait l'eau.

Dorâm, comme tous ceux de sa race, avait l'intuition des « puits d'émergence », ainsi qu'on nommait les points du vaste océan où les mégathalos, plus familiers des profondeurs, perçaient parfois la surface. Cette intuition commune à tous les Canissiens se manifestait selon certains par des démangeaisons dans telle ou telle région du crâne, analogues à celles qu'éprouvaient les pigeons voyageurs, mais selon d'autres par des pressions, des picotements, voire des piqûres dans la direction du puits le plus proche. Dorâm à cet instant le ressentait nettement : le puits se situait quelque part vers l'ouest, à une distance qu'elle estimait d'une semaine de navigation ; l'œdème léger qui comprimait son encéphale la renseignait aussi sur le sexe de l'animal — sans doute un mâle — et sur son âge — il s'agissait probablement d'un juvénile.

« Ils vont larguer ! » annonça soudain l'aîné.

De fait, s'étant légèrement inclinés sur l'arrière pour assurer leur équilibre et des feux stabilisateurs s'étant allumés au bord des ailes, les vaisseaux-pêcheurs éjectèrent tous en même temps de longs câbles à crochets de fer qui plongèrent en sifflant dans la mer. Le dernier frappa si près que les trois Canissiens furent aspergés d'écume. Furieux, Goël passa la main sur son visage comme s'il essuyait un crachat. Sa voix, plus aiguë qu'à l'ordinaire, vibrait de colère contenue :

« Vois-tu, Asaibi, il suffirait d'agripper l'un de ces filins, de tirer un bon coup... Je suis sûr qu'à plusieurs, nous le ferions tomber !

— De quoi parles-tu ?

— Du Criquet, pardi !

— Es-tu poisson, pour te plaindre des vaisseaux-pêcheurs ? »

Asaibi roulait d'un air goguenard l'anneau de cuivre pendu à ses lèvres. Il y nouait parfois le bâillon ciré, couvrant la moitié du visage, qu'il portait dans la brume acide du lagon. Tenté un instant d'asséner une grande gifle à son frère, Goël se ravisa et répliqua d'un ton mauvais :

« Tu raisonnes en esclave, Asaibi... On dirait qu'il t'est indifférent de voir profanée la terre de tes ancêtres, et nos îlots envahis d'étrangers tel un pays conquis ! Oublies-tu que cette planète nous appartient ? Que des centaines d'éclipses avant l'arrivée du premier vaisseau de pêche, nous récoltions déjà les coquillons et bâtissions des cairns sur les levées de sable ? »

Les regards des trois Canissiens convergèrent sur l'amas de pierres au centre de l'îlot. Par habitude, Dorâm ramassa un caillou qu'elle déposa au sommet du tas, puis consacra un long moment à replacer les blocs instables. Ses deux frères lui prêtèrent main-forte. L'aîné poursuivit en frottant ses paumes blanchies par la craie.

« Vous êtes-vous jamais demandé comment s'est joué le sort des Canissiens ?

— Que veux-tu dire ?

— Nous sommes au service des métèques. Nous les avitaillons en vin d'algue et en coquillons frais, nous vidangeons leurs vaisseaux et réparons leurs lignes de pêche… Est-ce vrai ?

— C'est vrai ! reconnut fièrement le cadet.

— N'importe lequel des nôtres, si l'étranger s'adresse à lui d'un ton brutal, est prêt à faire toutes les corvées. Combien de nuits avons-nous passées, debout sur la plage, à guetter le bouchon lumineux des palangres ? Combien d'hameçons avons-nous repêchés au fond de l'océan, risquant nos vies dans les algues-araignées ? Une bouteille de sirop-cisaille suffit à notre salaire, si encore les pêcheurs daignent nous payer. Pourquoi ? Pourquoi nous montrons-nous si dociles et si obéissants ? »

La question tomba dans un silence gêné, troublé seulement par le miaulement lointain des réacteurs et le *fffzzzzz* des lignes traînées dans l'eau claire. Elle semblait curieuse et presque exotique aux deux autres qui n'avaient jamais considéré les choses sous cet aspect. Ils croyaient naturel d'assister les pêcheurs et de leur offrir, sur cette planète qui n'était pas la leur, toute l'aide souhaitable. Ainsi l'exigeaient les lois de l'hospitalité. Dorâm le prit à la blague, tapotant sa tempe d'un doigt moqueur.

« Tu es né pendant l'éclipse d'Ikassar ! s'exclama-t-elle. Ikassar fait les fous !

— Quand revient l'astre rouge, plaisanta Asaibi, ses idées s'emmêlent et sa bouche ânonne !

— Tais-toi, mon frère, ou c'est la tienne que j'emplirai de vase ! »

Si timide fut le sourire aux lèvres du collecteur, il s'éteignit aussitôt. Ses épaules s'affaissèrent et son ventre se creusa, au point qu'il parut diminuer de taille. Il retrouvait sa posture de la veille, face au pilote étranger.

« Oui, je suis fils d'Ikassar, admit Goël, et je m'en flatte ! D'autres frères sont venus au monde dans sa clarté rouge et, bien qu'on dise leur raison entamée, je les trouve, moi, plus sages et plus sensés que la plupart ! C'est parmi eux que je recruterai mes compagnons, quand le jour sera venu du grand soulèvement ! »

Derechef, une incrédulité méfiante se refléta sur les visages des deux autres, que les rayons croisés des deux étoiles baignaient d'un éclat fauve. Cette physionomie soupçonneuse semblait propre aux Canissiens. Les rares représentations de ce peuple perdu sur sa planète humide obéissaient au même modèle : on les voyait toujours vêtus d'une tunique en écailles de poisson, quoique cet habit ne fût plus guère en usage, et pourvus de têtes rondes, volumineuses, dont les narines pincées et les sourcils protubérants suggéraient un esprit lent, des idées rétrogrades.

Goël avait vu beaucoup de ces holo-images dans les guides braconniers, des écrits clandestins diffusés par les pêcheurs à leur propre usage. La légende assortie dépeignait les Canissiens comme des êtres frustes et sans éducation, descendants probables d'une mission humaine naufragée sur ce monde inhabité. On avançait parfois l'hypothèse d'un convoi de sapeurs en chemin vers l'astre minier Neronpis XV, distant seulement d'un parsec bien qu'intégré dans l'Espace Domestique ; d'autres évoquaient une caravane pénitentiaire destinée aux astéroïdes-prisons d'Outre-Monde, et que l'attraction de Canisse aurait déviée accidentellement de sa route. Une théorie était en vogue parmi les braconniers, celle de l'*hybridation efficace* : les indigènes de cette planète-océan seraient issus de Terriens génétiquement modifiés auxquels aurait été incorporé le gène canin d'obéissance — fort utile, certes, pour supporter l'isolement des mines ou des prisons extérieures. Voilà pourquoi les Canissiens d'à présent se montraient si dociles envers les étrangers, voilà comment leur avait échu le sobriquet de « toutous » que les voyageurs doublaient parfois d'une grimace expressive, langue pendante et tête inclinée sur l'épaule.

Rares étaient les Canissiens informés de ces choses. Pour la plupart, ils n'attachaient qu'un faible prix à leur réputation parmi les autres races humaines. Les quolibets, les railleries, les mauvais traitements semblaient ne pas les affecter, incitant les visiteurs au plus grand relâchement. Maintes fois, Goël avait soustrait sa sœur à des pêcheurs étourdis de boisson qui voulaient abuser d'elle. Il en avait affronté d'autres qui menaçaient son frère, braquant sur eux le vieux tube-à-douleur. Ces ripostes si peu canissiennes consternaient les étrangers. Elles éveillaient l'idée que le gène canin d'obéissance — « *canin, Canissien* ! », encore un jeu de mots répandu chez les métèques — pouvait ne pas s'exprimer chez tous les habitants des îlots, ou pas au même degré : certains individus, en minorité il est vrai, échappaient peut-être à son emprise. À l'évidence, Goël et ses camarades formaient sinon une race à part, du moins une branche mutante de la race indigène, tels les Cro-Magnons pour les Néandertaliens de Vieille-Terre.

Ils le payaient d'un certain isolement qui s'illustra de nouveau, ce jour-là, par le sourire entendu qu'échangèrent Dorâm et Asaibi devant leur frère. D'une chiquenaude, le cadet fit tinter son anneau de lèvre.

« Quel raseur, ce Goël ! Son sermon m'a donné la migraine !

— Je vais m'occuper du cuvier ! annonça la jeune femme avec un grand bâillement.

— Bonne idée ! fit gaiement Asaibi. Je t'accompagne ! »

Les deux tournèrent les talons et s'éloignèrent en se donnant la main. Était-ce ce geste familier, leurs grosses têtes ou leur léger dandinement ? On eût dit des enfants.

Goël demeura seul sur le rivage, suivant d'un air pensif le ballet des vaisseaux-pêcheurs qui terminaient la pose des lignes à crochets. Le Criquet de la veille en avait fini et stationnait maintenant, ses réacteurs ventraux allumés d'une douce clarté bleue, à quelques mètres au-dessus de la mer. Malgré la distance et l'écran des vapeurs, l'aîné distinguait les passagers debout près du bulbe de pilotage. Ils semblaient prendre le frais. Une musique suave lui venait par bouffées du Criquet immobile. On entendait aussi, d'une proximité saisissante, des tintements de vaisselle entrechoquée.

« Un jour viendra... » maugréa l'aîné en serrant les poings.

Ce fut à cet instant qu'une lueur apparut à l'autre extrémité de son champ de vision, tel un feu isolé se déplaçant au ras de l'eau. Un bruit de moteur l'accompagnait, amorti ou plutôt dilué par la brume. Les bateaux étaient rares sur Canisse, et plus rares encore les bateaux à propulsion mécanique. Quel qu'il fût, songea Goël, le pilote de cet engin ne s'aventurerait pas sur l'océan sans raison impérieuse — en aucun cas, il ne pouvait s'agir d'une visite de politesse. L'aîné se précipita vers la tente qu'il ouvrit en tempête :

« Mon tube-à-douleur, vite ! »

Dorâm s'affairait à trier les coquillons du cuvier, alignés sur le sol devant elle. Elle répondit d'une voix calme, la tête toujours baissée :

« Pas question, tu as fait assez de bêtises !

— Dehors, un bateau…

— Je sais.

— Et s'il nous attaquait ? Il faut nous défendre !

— Ton tube-à-douleur ne servirait à rien face à des pulseurs lasers. Tu n'y gagnerais que des ennuis !

— Dorâm, ça suffit ! J'exige mon tube-à-douleur, sur-le-champ ! »

Les trois Canissiens tournèrent la tête à l'unisson. Ils venaient d'entendre le glissement d'une coque sur le sable et le déroulement rapide d'une chaîne à grappin. Dans les derniers hoquets du moteur, une voix s'exclama :

« Oh, il y a quelqu'un ? »

Dorâm et ses frères sortirent aussitôt de la tente et, sans s'être concertés, se groupèrent autour du cairn familial. À peine une bosse sur l'îlot sans relief, ce tertre avait pourtant été leur salut en maintes occasions, chaque fois par exemple qu'une conjonction astrale périlleuse faisait enfler Ramorine jusqu'à submerger les terres. Face au danger quel qu'il fût, le cairn ralliait tous les membres du Cercle.

« Dorâm, tu ne me reconnais pas ? Je suis Iolana ! Iolana, de la tribu de Gurban ! »

Les Canissiens furent longs à apprivoiser. Après les salutations d'usage, Iolana s'approcha à pas mesurés du cairn, provoquant aussitôt le reflux des indigènes sur le versant opposé de la petite colline. Sans doute offrait-elle un visage familier mais ça ne suffisait pas, semblait-il, à les mettre en confiance. Les trois autochtones, d'une taille médiocre, vêtus de tuniques grossières et les pieds nus — sauf l'aîné des frères, chaussé de bottes désassorties —, évoquaient irrésistiblement les sujets d'une tribu primitive, sinon de pauvres naufragés qu'un isolement trop long aurait dépouillés des dernières apparences de civilisation. Leur regard était conscient mais leurs réactions peureuses et animales. On eût dit qu'au moindre geste brusque, ils se seraient égaillés tels des moineaux au coup de feu. La braconnière ramassa un caillou de craie qu'elle déposa au sommet du tas, rite qui parut apaiser les Canissiens et leur délia un peu la langue. Sauf l'aîné, resté en retrait, ils vinrent à la rencontre d'Iolana et lui prodiguèrent un nouveau salut, poings accolés et langue hors des lèvres.

« Quels énergumènes ! remarqua Xhan à mi-voix. Ils paraissent bien à plaindre, sur leur petit îlot de sable... »

Le groupe au complet se rassembla sous la

tente où le frère cadet et la sœur dégagèrent aussitôt d'un bric-à-brac malodorant, pour les exposer aux yeux des visiteurs, deux objets qu'ils estimaient de grande valeur : un éventail en plastique illustré d'une scène de corrida et une bouteille thermos sans son capuchon, les deux bien sûr de provenance étrangère. Moox et Xhan crurent bon d'imiter Iolana qui complimenta la famille sur cette belle acquisition. Puis, par degrés, la conversation s'achemina vers son objectif : solliciter les Canissiens d'accompagner l'ancien garde-pêche Xhan Elotym vers un puits d'émergence.

« Il n'en est pas question ! » lança l'ombrageux Goël, avant que son frère pût répondre ; fières paroles qu'il illustra d'une posture avantageuse, les mains suspendues à la barre de tente pour mettre en valeur ses muscles trapèzes.

« Goël, qu'est-ce qui te prend ? réagit Dorâm. Tu n'es pas seul à décider !

— Je suis l'aîné.

— Ça ne te donne pas tous les droits !

— C'est à moi que père a confié le gouvernement de cette famille, après son accident.

— Bah ! grogna Asaibi. C'est écrit sur l'eau ! »

Iolana battit des mains. Le geste parut désinvolte au retraité mais n'en enraya pas moins cette querelle de famille. Dorâm agitait nerveusement l'éventail devant sa figure, oubliant toutefois de l'ouvrir. Les deux frères tournèrent leurs regards vers des angles opposés de la tente.

« Nous avons fait un long chemin jusqu'ici, rappela sèchement la braconnière. Vos affaires ne nous regardent pas. Pouvez-vous, oui ou non, guider monsieur Elotym vers un puits ?

— Nous n'avons que trop servi les métèques... » reprit Goël d'un ton frondeur, défiant tour à tour du regard chacune des personnes assises sous l'abri. « Si les étrangers traquent les poissons... C'est pour les tuer !

— J'admets qu'il y a eu des erreurs dans le passé, tempéra Iolana. Des pêcheurs ont abusé de votre confiance, prétendant étudier les mégathalos alors qu'ils n'aspiraient qu'à enrichir leur collection de trophées !

— Bouh ! réagit Asaibi avec une grimace enfantine.

— Ils vous ont trompés, et m'ont trompée aussi ! Mais Xhan Elotym n'a rien à voir avec ces gens... N'est-ce pas, Xhan ? C'est un ancien garde-pêche. Il porte le plus grand respect aux mégathalos, comme à toute forme de vie sous les eaux. Xhan ? »

À deux reprises, la braconnière avait envoyé son coude dans les côtes du retraité, et même, fâcheuse coïncidence, à l'endroit précis où ballonnait sa tumeur abdominale. Malgré la nausée qui s'éveillait, Xhan n'y trouva aucun encouragement à prendre son rôle, mais plutôt se déroba d'une voix lasse :

« Nous avons déjà eu cette discussion avec Gurban... Moox, je crois que nous perdons notre temps sur cet îlot, et d'ailleurs sur cette planète ! Je ne pensais pas qu'il serait si compliqué d'assouvir ma curiosité de ce gros poisson. Alors, tant pis ! Je préfère y renoncer ! »

Xhan se mit debout et releva, non sans fierté, qu'il dépassait d'une bonne tête le Canissien fanfaron qui les avait toisés. Tous les visages autour de lui portaient l'expression figée de la stupeur.

« Maintenant, veuillez m'excuser, je ne me sens pas très bien... Moox, auriez-vous l'obligeance de me conduire à votre vaisseau ? Je vous attends dehors. »

Déjà, l'ancien garde-pêche franchissait tête baissée la porte de la tente quand Iolana, d'une détente éclair de la jambe, lui faucha les genoux. Xhan s'abattit à terre avec un cri, entraînant dans sa chute un piquet de bois qu'il avait agrippé. Tout l'arrière de la tente s'écroula. Aussitôt la braconnière fut sur lui, forçant son bras dans une position douloureuse et le ficelant au second avec une lanière.

« Je regrette, monsieur Elotym, mais j'ai pris un engagement envers votre pilote. Il n'est pas question que je lui restitue sa généreuse avance... »

Dans cette position, Xhan se rappela fort à propos une culbute qu'il avait apprise d'un collègue garde-pêche, pour se dégager d'un gros poisson s'il vous écrasait — il arrivait qu'au sortir de l'eau, le poids d'un mastodonte vous coûtât l'équilibre. Le retraité s'appuya sur un genou et le coude opposé, puis rua brusquement. Occupée à faire le nœud dans son dos, la braconnière se laissa surprendre. Elle roula de côté et heurta du menton le gros piquet couché à terre. Il lui fallut quelques instants pour réunir ses esprits. Moox et les Canissiens, empêtrés dans la tente, s'en dégageaient à peine. Xhan en profita pour s'élancer dehors et courir à toutes jambes dans la direction de la mer.

Une panique animale l'avait saisi de se sentir entravé. Son mouvement ne devait rien à la réflexion, mais à l'instinct d'une proie qui cherche l'issue d'un piège. Toutefois, en apercevant les vaisseaux-pêcheurs postés alentour, dont le plus proche n'était qu'à un jet de pierre, une idée soudain le traversa : il se mit à botter le sable avec son pied, projetant de grandes gerbes blanches vers les astronefs.

« À moi ! hurla-t-il. Au secours ! »

Le sable retombait sur l'eau où il formait d'étranges figures géométriques, celles que dessine une limaille aimantée, avant de sombrer au fond en chuintant. Xhan se retourna. La braconnière avait dégainé son tube-à-douleur et l'ajustait ; elle n'était qu'à une vingtaine de mètres. Ce qui l'inquiéta davantage fut de découvrir une arme toute semblable au poing de Moox et, dans les yeux du pilote, le même éclat menaçant.

« Pas de bêtises, Xhan ! avertit son compagnon. Si vous entrez là-dedans, vous finirez en sucre semoule ! »

L'ancien garde-pêche regarda la mer, regarda ses poursuivants, et dans un grand cri se jeta à l'eau. Aussitôt les vêtements qui le couvraient, et jusqu'à sa ceinture de cuir bouilli, se rabougrirent et s'étiolèrent sous l'effet de l'acide. Après quelques instants, il ne resta plus de son pantalon que des lambeaux flottants d'une matière gluante, détachés un à un de ses jambes. Dans le même temps, la lanière qui entravait ses poignets s'effilocha, rendant leur pleine ampleur à ses gestes.

Or, sa peau réagissait étonnamment à l'agression. Il ne sentait qu'un léger picotement à la surface de son épiderme, mais ne constatait ni lésion ni le moindre épanchement de sang. Au contraire, son corps nu évoluait avec beaucoup d'aisance dans ce bain chimique qui semblait son milieu naturel. D'un coup de reins, il se propulsa de deux ou trois mètres en avant. Puis ses jambes se vrillèrent, tournant à la façon d'une hélice, pour l'envoyer plus loin encore. Par quel prodige Xhan Elotym était-il devenu cette torpille qui fendait les eaux ? Étrange sensation d'apprendre des réflexes oubliés, des maintiens perdus ; de rentrer en possession d'un corps assoupi…

Ce fut à cet instant que le faisceau brûlant d'un tube-à-douleur, crépitant tout près de son oreille, lui rendit ses esprits. Son crâne, s'avisa-t-il, restait à demi émergé. Xhan prit son inspiration hors de l'eau et sonda d'au moins deux mètres, d'un seul battement de pieds. Ses yeux grands ouverts lui procuraient une vision étonnamment limpide des profondeurs de Ramorine. Il distinguait le relief adouci du sable, le froissement argenté des vagues et, tout près maintenant, les cônes de lumière bleue que diffusaient les réacteurs ventraux des vaisseaux-pêcheurs, en lévitation au-dessus de l'eau. Les flèches de tube-à-douleur faisaient des percées sous la surface, à la façon de cornes bouillonnantes poussant vers le fond. Soudain, un détail fixa l'attention du retraité : entre ses orteils écartés se déployait une membrane finement veinée de bleu — une palmure d'animal aquatique...

Xhan se stabilisa entre deux eaux, et commença à nager rapidement vers l'astronef le plus proche. La clarté bleue gagnait en intensité, ce dont Xhan déduisit qu'on l'avait repéré et que, sans doute, le vaisseau descendait à sa rencontre. De fait, à l'instant que choisit l'ancien garde-pêche pour jaillir hors de l'eau, deux mains l'agrippèrent et l'aidèrent à escalader une passerelle d'accès ; mais l'une d'elles lâcha aussitôt.

« Aïe ! Ça brûle ! »

La main s'agitait, meurtrie, sanglante.

« Ma parole ! Il ruisselle d'acide ! »

Xhan se rétablit seul sur la plateforme argentée du Criquet. Le pilote, sa femme et deux autres voyageurs l'envisageaient d'un œil inquiet. Le retraité leva les mains à hauteur de son visage pour les examiner : dans la violente clarté du contre-jour, une palmure joignait la première phalange des doigts. Il s'aperçut aussi que sa peau avait changé d'aspect. Quelques millimètres sous l'épiderme, semblaient serties des écailles en pointes de flèche. Il ne pouvait voir ses yeux mais devinait aux contours ondulés des images et à leur dominante bleue qu'ils s'étaient transformés, eux aussi.

« Mais… qu'est-ce qui m'arrive ? » haleta Xhan qui peinait à respirer depuis qu'il était sorti de l'eau.

Sa voix rendait un son étrange. Il tourna les yeux vers le rivage et distingua deux silhouettes trapues, groupées autour du cairn familial. Moox, Iolana et l'un des Canissiens s'étaient rembarqués sur le bateau et progressaient vers le Criquet. Cependant, les tubes-à-douleur étaient rentrés dans leurs fourreaux. Peu après, Xhan sentit une vive douleur à l'endroit du foie. Il tomba à genoux sur la passerelle, puis s'écroula sans connaissance.

9

« Voilà… il revient à lui. »

Les paupières du retraité laissèrent filtrer un peu de lumière, dont l'intrusion fit affluer des larmes à ses yeux blessés. Il tourna sa langue à l'intérieur de sa bouche, remua ses mâchoires et tous ses membres, prenant peu à peu possession de lui-même. La douleur à son flanc restait présente, mais atténuée ou plutôt contenue, tel un chien mordeur qu'une laisse garde aux abords de la niche.

Il constata qu'on l'avait étendu sur une couchette. Les draps au contact de sa peau s'étaient racornis et présentaient des traces de brûlures. Xhan se dressa sur son séant. Entre ses doigts et ses orteils, découvrit-il en les écartant, la membrane avait disparu. Son épiderme aussi avait recouvré un aspect normal. Quelqu'un l'avait habillé d'une combinaison blanche trop grande pour lui, et néanmoins étroite aux coudes.

« Ce qui s'est passé… Nous n'avons pas d'explication… » fit le pilote du vaisseau-pêcheur, debout près de la couchette. Puis l'homme sortit du manchon d'ouate qui l'emmaillotait un objet carbonisé :

« Nous avons trouvé cela au fond de l'eau, tout près du rivage... Je crois que ça vous appartient. »

Xhan sourit à la vue de sa pipe. Depuis combien de temps n'avait-il pas tiré une bouffée ? Par habitude, le retraité se tâta à l'endroit où il gardait sa provision de tabac, une poche discrète de son maillot. Malheureusement, ni le maillot ni le tabac n'avaient survécu au bain d'acide. La pipe elle-même était très abîmée ; le fourneau s'émiettait sous les doigts et le tuyau de plastique avait raccourci de plusieurs centimètres.

« Ça ne sera pas facile d'en trouver une autre... déplora l'ancien garde-pêche. C'était une pièce de collection, originaire de Vieille-Terre.

— Vous m'en voyez désolé. Il est rare qu'on repêche quoi que ce soit dans Ramorine, pendant l'éclipse d'Ikassar ! J'ai perdu de la sorte quantité d'hameçons. Quant aux nageurs... je n'en connais pas qui soit sorti indemne d'un bain de mer, sous cette configuration astrale ! Vous êtes le premier... »

Xhan hocha gravement la tête. S'appuyant au rebord de la couchette, l'ancien garde-pêche fit quelques pas vers un hublot que traversaient, presqu'à l'horizontale, les rayons rouges d'Ikassar. Le hublot était orienté de telle façon qu'il ne laissait rien voir du campement canissien. À perte de vue, c'était la mer.

« Vous avez dormi douze heures… lui apprit le pilote. Une tempête est survenue pendant votre sommeil, et l'îlot des Canissiens a été submergé. Je crois qu'ils se sont installés un peu plus loin. Une chance pour eux, d'ailleurs, que des dunes se soient formées par là ! Souvent, ils doivent errer des jours entiers avant de trouver une terre où poser le pied ! Nous recueillons beaucoup de ces misérables. Faute d'un lieu où camper, ils suspendent leurs hamacs à nos lignes de pêche, et parfois jusqu'aux antennes du Criquet…

— Mais leur cairn ? Ce petit tas de pierres qu'ils font ?

— Bah, ils en dresseront un autre ! Ils ont l'habitude…

— Quelle drôle de planète… » soupira le retraité en appuyant son front à la fraîcheur du hublot.

À cet instant, ses yeux qui parcouraient le paysage tombèrent sur une amarre presque invisible. Elle reliait l'astronef à un bateau, cinq ou six mètres plus bas. S'inclinant pour mieux voir, Xhan reconnut la barque d'Iolana.

« La braconnière m'a suivi ? s'inquiéta l'ancien garde-pêche.

— Elle est à bord, monsieur Erhelton aussi. Les deux vous attendent dans le bulbe de pilotage… »

Le visage du retraité devint si pâle qu'il parut,

une nouvelle fois, près de perdre conscience. Son hôte s'empressa d'ajouter :

« Nous connaissons Iolana, vous n'avez rien à craindre d'elle ! Elle entretient de bonnes relations avec les pêcheurs autonomes, les *domestiques* comme on nous appelle. C'est même l'un des rares braconniers à qui l'on puisse parler… Les autres nous traitent, au mieux, comme des rivaux importuns, au pis comme des voleurs de poissons… Pour les braconniers, il est si naturel d'arriver les premiers quelque part qu'ils croient avoir partout la priorité ! Mais l'Outre-Monde est vaste, chacun a droit d'y tendre ses filets !

— Ça n'excuse pas Iolana de m'avoir mis en joue !

— Elle n'avait pas l'intention de vous tuer. Elle se méfie des visiteurs, comme tous ses compagnons ! Il faut dire que les braconniers ont les disciplinaires de l'Unité à leurs trousses, sans parler des chasseurs de primes et des redoutables gardes-pêche… »

Un grand sourire éclairait le visage lunaire du pilote, qui tendit au retraité une gomme de fruits. Xhan porta la main à son cou pour en tâter la peau : elle était sensiblement plus chaude à l'endroit où son matricule d'identité faisait relief, preuve que le code avait été scanné.

« Vous ne me tiendrez pas rigueur, j'espère, de cette petite indiscrétion… fredonna le pilote. À l'échelle des grandes planètes de l'Espace Domestique, Canisse reste un village — un village où, bien sûr, l'étranger de passage éveille la curiosité ! »

Xhan étira les manches de sa veste de combinaison, taillée décidément trop court. Il lui semblait, chaque fois qu'il bougeait les bras, qu'un élastique les freinât et les tirât en arrière.

« Bah, mon matricule n'a pas grand-chose à offrir... C'est l'administration qui a choisi mon nom. Ceux de mes parents sont inconnus. Quant à mon schéma familial, vous l'avez vu : il se réduit à ma propre personne...

— Orphelin, oui, je sais. Voilà du moins qui nous rapproche !

— Vous êtes sans parents ? s'intéressa l'ancien garde-pêche.

— Oui, comme la plupart des pêcheurs domestiques et, à ce qu'il paraît, bon nombre aussi de contrebandiers... Nous avons en commun d'avoir bénéficié de la tutelle du gouvernement, et par suite d'avoir rempli divers offices publics. On compte parmi nous plusieurs guichetiers de l'administration, des instructeurs de vol spatial, des aéropostiers, des disciplinaires, quelques douaniers... Pour une raison méconnue, Canisse est surtout fréquentée par des pupilles de l'Unité !

— Bizarre, en effet. »

Le sourire du pilote, qui ne s'était pas relâché jusqu'alors, commença à faiblir, puis disparut tout à fait. Sur un geste de sa main, vêtue d'un gant de manœuvre, la porte de la cabine coulissa sans bruit. Il s'assura d'un coup d'œil que personne n'était derrière à écouter.

« Il y a plus étrange, monsieur. Pêcheur n'est pas mon métier, je suis radiologue à l'Hôpital Œcuménique de Central Spectra. Quand vous avez perdu connaissance, hier, les doigts crispés sur le ventre, j'ai procédé à l'examen de votre abdomen. Savez-vous que…

— Oui, je suis au courant ! » annonça Xhan d'un ton lugubre.

Le pilote hocha gravement la tête.

« Bien, inutile donc d'entrer dans de pénibles développements… Vous êtes affligé d'un sarcome hépatique étendu. Votre cancer est avancé et votre espérance de vie…

— … n'est que de quelques mois. Je sais tout cela, docteur.

— Soit. Mais ce que vous ne pouvez savoir, c'est que beaucoup de pêcheurs et de contrebandiers séjournant sur Canisse sont affligés d'un mal comparable. Ils sont frappés d'une affection sévère en évolution rapide. À leur arrivée sur la planète, ils n'ont déjà plus que quelques mois à vivre…

— Mais… comment est-ce possible ? »

La main gantée du pilote, ouverte à plat, s'abaissa vers le sol. Aussitôt la lumière diffuse qui baignait l'habitacle diminua d'intensité. Sa voix se réduisait maintenant à un chuchotement.

« Je n'en ai pas la moindre idéc. Mais si j'ajoute que ces femmcs et ces hommes partagent aussi une singularité génétique, responsable de mutations parfois spectaculaires, vous conclurez comme moi que ces recoupements ne peuvent être l'œuvre du hasard. Quelqu'un, ou quelque chose, favorise le rassemblement sur Canisse d'individus d'un certain profil, dans un but qui m'échappe encore ! »

Xhan s'écarta du hublot et prit une longue inspiration. Il sentit couler de ses narines, en deux filets sinueux, l'eau encore piégée dans ses sinus.

« J'ai une question, docteur. D'où tenez-vous ces informations ?

— Je suis le seul pêcheur titulaire d'un diplôme médical. Les équipages le savent. On me consulte chaque fois qu'il y a un malade ou un blessé, or la pêche au mégathalos fait beaucoup de victimes... J'ai déjà examiné une dizaine de contrebandiers, et presque autant de domestiques. Les Canissiens font appel à moi, même si la plupart préfèrent s'en remettre au chaman de leur tribu. Les indigènes ne me confient leurs malades qu'en dernière ressource. Il est souvent trop tard... »

Le pilote proposa derechef une gomme de fruits à Xhan, qui n'en voulut pas. Alors, d'une simple chiquenaude, il envoya deux bonbons rouler sur sa langue. Une lente mastication commença.

« Autre chose, docteur, reprit l'ancien garde-pêche. Parmi tous ces malades frappés de maladies incurables, combien quittent Canisse en vie ? »

Les mâchoires du médecin se figèrent, puis s'animèrent de nouveau. Sans se détacher de Xhan, son regard devint absent, vitreux, comme s'il accommodait un autre point dans la cabine — peut-être ce voyant clignotant dans la paroi métallique, dont le silence et la nudité du décor exagéraient la présence.

« J'ai tiré une leçon dcs six mois que j'ai passés ici... répondit enfin le pilote. Mieux vaut, sur cette planète, ne demander des nouvelles de personne. »

Un chuintement mouillé signala l'ouverture de la porte. À l'apparition d'Iolana, Xhan se replia instinctivement derrière la couchette, vers le hublot, prêt eût-on dit à bondir au travers. Depuis son bain forcé, l'eau caustique de Ramorine lui semblait un refuge. La braconnière perçut son mouvement et s'immobilisa. Xhan fut le premier à parler :

« J'ai réfléchi. Je veux voir le mégathalos, quel qu'en soit le prix. Ensuite, je quitterai cette planète pour jamais... »

La braconnière ébaucha un sourire, le premier qu'eût affiché ce visage aux rides sévères.

« C'est parfait. Le jeune Canissien Asaibi est à bord. Tout est arrangé. Nous partons en chasse immédiatement. »

10

La tempête s'était annoncée par des stries sombres dans le ciel immobile. Soudain, les nuages coursiers qui galopaient d'un horizon à l'autre à la vitesse du pinceau sur la toile avaient marqué l'arrêt — et, d'objets fugaces qu'on peinait à suivre du regard, s'étaient changés en moellons d'un rempart menaçant, celui que bâtissaient au loin les vents de la haute atmosphère. La chaleur du jour s'était évaporée, telle exactement qu'un parfum volatil au débouché du flacon. Il avait fait froid, il avait fait nuit, et tout ce que le hasard avait répandu d'hommes sur les archipels de sable s'était hâté vers les tentes — non pour s'y abriter, mais pour les plier d'urgence et les enfouir avec tout l'attirail de pêche, les échasses, le vivarium, le cuvier et ses plus beaux coquillons, la pierre d'angle du cairn et d'autres d'encombrement raisonnable, sans oublier le précieux parapluie et l'inestimable salière offerts par un métèque de passage ; enfouir donc tous les maigres biens d'un campement canissien dans la pirogue en écaille de mégathalos, après l'avoir dégagée de son abri souterrain, en priant pour qu'elle supportât, une fois encore, le poids peureux des fugitifs.

Dès la première bourrasque, Goël avait compris que cette tempête serait d'un calibre inaccoutumé. Par chance, le cycle de l'eau était dans une phase alcaline, à la suite du déclin bienvenu d'Ikassar : on pouvait prendre la mer sans trop craindre les éclaboussures. Mais ça ne les protégerait pas des mauvaises vagues ni des retours de vent, ni surtout des patineurs qui, par gros temps, cherchaient comme l'homme la sécurité des îlots et disputaient aux naufragés, à grands coups d'antennes barbelées, la moindre langue de sable… À peine avaient-ils engagé la pirogue dans la mer que Dorâm aperçut les premiers : une colonie de cinq ou six animaux attirés par la pâleur des dunes dans les ténèbres bouillonnantes, à moins que ce ne fût par l'éclat de leur voile — Goël l'affala aussitôt.

« Trop tard, ils nagent vers nous… » gémit sa sœur.

Goël se jeta à l'eau et poussa la barque de toutes ses forces, aussi longtemps qu'il put. Puis, quand le fond vaseux de Ramorine se déroba sous ses bottes, il se jeta à l'intérieur du canot et hurla à l'oreille de sa sœur :

« Dorâm, mon tube-à-douleur… j'en ai besoin !

— Il n'est pas à bord, Goël ! Je l'ai caché

quelque part sous la tente, mais j'ai oublié où ! Oh, c'est terrible ! »

Le regard de l'aîné fouilla l'obscurité dans la direction de l'îlot, frappé maintenant de vagues colossales. À quelle distance du rivage se trouvaient-ils — si pouvait s'appeler rivage cette ligne de sable ondoyante, qui reculait sans cesse ? Deux jets de pierre, peut-être trois ? Aucune chance de l'atteindre à la nage et d'en revenir en vie. De rage, Goël se mordit le poing jusqu'au sang.

« Tant pis, il va falloir affronter les patineurs à mains nues !

— Ramons ensemble ! Nous pouvons encore leur échapper !

— La mort de père ne t'a pas servi de leçon ? Ces bêtes sont le fléau de notre famille ! Et aujourd'hui, notre tour est venu d'y succomber !

— Ces paroles ne te ressemblent pas, mon frère... »

L'aîné lança contre le vent un crachat qui lui revint en pleine figure, et qu'il accueillit d'un juron furieux.

« Pendant ce temps, Asaibi se prélasse au milieu des métèques...

— Assez de plaintes. Prends ça, plutôt ! »

Goël s'empara brusquement de la rame que lui tendait sa sœur.

« D'accord. Allons-y ! »

Ces longues pièces de cartilage, élargies en spatule au bout, provenaient aussi des mégathalos. On en ramassait quantité sur les plages, quand l'un de ces colosses venait à mourir, mais personne n'avait pu leur affecter une place ou une fonction précise dans le corps du monstre.

Goël à la proue, Dorâm à la poupe commencèrent d'agiter leurs rames dans l'eau. Sous l'effet du vent qui forcissait, la mer avait pris tournure de champ labouré, puis d'un plissement alpin aux amples ondulations, enfin d'une carrière aux cavités profondes et aux éperons vertigineux. Réduite aux dimensions d'un jouet, la pirogue tantôt gravissait des montagnes liquides, tantôt plongeait au fond de précipices grondants. Dans cette mêlée d'eau turbulente et de souffles écumants, l'effort des rameurs semblait compter pour rien. Ils ne croyaient plus la pirogue au pouvoir de leurs rames, mais à la merci des vagues et des courants qui l'aspiraient ici, la rejetaient là, s'en amusaient comme d'un bouchon à la dérive. Parfois même, ils croyaient reculer, et perdre en un instant les mètres péniblement conquis.

« Nous n'avançons pas ! se plaignit Dorâm. Déployons la voile !

— Autant se livrer nus aux patineurs ! Il n'en est pas question !

— Mais les patineurs ont perdu notre piste ! Les vois-tu quelque part ? La proie était trop maigre, ils s'en sont détournés... »

Goël fit non de la tête.

« Ne crois pas cela, Dorâm. Ils sont là, quelque part. À l'affût... »

L'aîné s'était dressé sur le canot instable et, sa main en visière pour prémunir ses yeux de la pluie cinglante, scrutait la mer alentour. Il avait sorti sa rame de l'eau et la tenait debout contre sa jambe, telle l'épée d'un duel. Dorâm, pendant ce temps, pagayait de droite et de gauche pour garder la barque en équilibre.

« En as-tu fini, mon frère ? Je n'y arriverai pas seule !

— Tais-toi ! Les patineurs approchent, je le sens !

— Tu as perdu l'esprit ! Aide-moi plutôt ! »

Soudain, dans le tumulte uniforme de la tempête, un claquement retentit. Le cœur des Canissiens cessa de battre. En alerte, le souffle court, les yeux exorbités, ils fouillaient du regard les ténèbres autour d'eux.

« Tu as entendu ?

— Goël, j'ai peur !

— Salopards ! Ils nous ont rattrapés ! Je te l'avais dit ! Où peuvent-ils être, où peuvent-ils être, bon Dieu ? »

Dorâm se mit péniblement sur ses talons, appuyée sur la rame comme sur une béquille. Sous l'assaut conjugué de la pluie et des embruns, ses longs cheveux avaient pris tournure d'un vieux filet aux mailles enchevêtrées, ruisselant sur son épaule. Un frisson continu agitait ses bras maigres.

Ce fut Goël qui, le premier, vit s'abattre du ciel un grouillement noir.

« Dorâm ! Attention ! »

L'aiguillon venimeux frappa au cou de la jeune femme, et s'y coinça tel un grappin. Dorâm hurlante fut projetée en l'air, trois mètres au-dessus des flots, et retomba droit sur l'aiguillon que la bête avait dressé debout pour achever sa proie — un coup de rame dévia la pique au dernier instant. La jeune femme roula inconsciente au fond de la barque, mais dans une position dangereuse, les jambes et le bassin en dehors qui menaçaient par leur poids d'entraîner tout le corps à l'eau. Goël se précipita pour tirer sa sœur dans le canot et aussitôt l'enjamba pour affronter le monstre.

« À nous deux, saleté ! »

Par deux fois déjà, il avait esquivé l'aiguillon lancé dans sa direction et riposté par de vigoureux coups de rame : le second, envoyé par le tranchant, avait sectionné l'une des antennes barbelées. Cependant, l'aîné n'avait pu éviter que le dard se plantât au fond de la barque en ouvrant une large voie d'eau. Il sentit la rapide invasion du liquide qui affluait par la brèche et entrait, tout aussi abondant, chaque fois qu'une vague prenait la pirogue par le travers. Dans quelques secondes, sûrement, le canot inondé chavirerait.

« Dorâm ! hurla Goël. Dorâm, réveille-toi ! »

Il bourrait de coups de talon le corps pantelant de la jeune femme entre ses jambes. La blessure à son cou rendait un sang noir qui déployait dans l'eau de troubles chevelures. S'y mêlait, en longs filets glaireux, un peu du poison jaune craché par l'aiguillon.

Entre-temps, un deuxième patineur avait surgi dans le dos de l'aîné. Goël l'aperçut à temps, et eut un bon réflexe : d'une forte poussée des reins, il renversa de son côté les pierres de cairn entassées au milieu du canot. L'un des balanciers de la bête fut brisé net, deux autres sapés par l'éboulement des cailloux. Malheureusement, cette soudaine avalanche trahit aussi l'assiette de la pirogue. Sa proue s'enfonça et, avant que l'aîné pût réagir, le canot fit une soudaine culbute qui précipita tout son chargement à l'eau. Goël, Dorâm inconsciente, les deux patineurs et les bagages qu'ils emportaient roulèrent dans les flots.

Il fallut quelques instants avant que l'aîné, tombé tête la première et qu'une ruade de sa propre rame avait presque assommé, reprît l'initiative. Les yeux ouverts sous l'eau piquante, il chercha fébrilement sa sœur du regard et des mains. Dans l'ombre oblongue du canot chaviré, auquel l'étalement de la voile donnait une apparence fantomatique, des objets échappés des sacs chutaient lentement vers le fond. Régulièrement, une vague brassant l'eau de surface déviait leur plongeon, dictant un ballet nouveau aux nattes, aux cuillères, aux haillons de filets, aux débris d'échasses et de vases qui s'enfonçaient sans bruit dans l'obscurité.

Un reflet plus vif attira l'attention de l'aîné.

Goël eut une exclamation muette. En quelques brassées, il rejoignit l'objet qui tournoyait dans un nuage de particules. Par quelle énigme son tube-à-douleur s'était-il trouvé parmi les bagages, alors que sa sœur le prétendait perdu ? Cette découverte lui rendit un peu d'espoir : pourvu d'une arme aussi puissante, il n'aurait plus à craindre des patineurs si, comme c'était à prévoir, les monstres revenaient à la charge.

Enfin, Goël parvint à situer, trois ou quatre mètres sous la surface — par chance, Ramorine à cet endroit avait peu de fond —, une forme humaine étendue sur le sable. Une spirale grisâtre s'élevait déjà du corps, à mesure que s'épanchait le précieux fluide de Dorâm. Mais ce qui troubla davantage l'aîné, et le fit battre en panique des bras et des jambes, fut la présence à ses côtés d'un des deux patineurs, attiré sans doute par le sang. Les antennes fourchues du monstre fouillaient fébrilement le corps de la jeune femme, cherchant l'orifice où injecter ses fluides digestifs. Goël tira à cinq reprises dans l'abdomen du monstre, en bénissant les dieux que les tubes-à-douleur fussent opérants sous l'eau. Le quatrième tir fut le plus efficace : il brisa positivement l'animal en deux, la moitié avant se liquéfiant dans un tourbillon d'eau sale tandis que l'autre, hideusement rétractée, versait sur le côté. Goël surprit l'autre patineur, tapi dans l'ombre d'un rocher, qu'il abattit d'une dernière décharge. Alors seulement, il put secourir sa sœur qu'un courant de fond, faible mais têtu, commençait d'entraîner vers le large.

Ce fut un travail épuisant que de haler le corps jusqu'à la surface puis de le remorquer, couché sur l'épave retournée du bateau, vers un haut-fond que les vagues laissaient provisoirement à découvert. Plusieurs fois, l'aîné exténué avait collé son oreille aux lèvres roidies de la jeune femme, qui donnait toutes les apparences de la mort. Il ne subsistait plus du souffle vital qu'un léger mouvement d'air, un battement d'ailes de papillon, mais le cœur pompait encore.

« Tiens bon, Dorâm ! Ce n'est plus très loin ! »

Le haut-fond se révéla si étroit qu'il n'y avait pas de place pour eux deux. En outre, découvrit l'aîné, il n'était émergé que la moitié du temps, balayé sinon de vagues à l'allure de couteaux qui le scalpaient chaque fois d'une bonne longueur de main. Goël déposa la jeune femme et se mit aussitôt en devoir d'exprimer le venin de sa blessure. La plaie était hideuse, perçant le cou de part en part, cependant les artères semblaient intactes. L'aîné la nettoya comme il put, après quoi, se servant d'un lambeau de chemise, il fabriqua une sorte de garrot qui ralentirait la fuite du sang sans bloquer la respiration. Tout le temps que dura ce travail, il n'utilisa qu'une main, gardant l'autre serrée autour du manche de son tube-à-douleur et levant souvent la tête pour surveiller les alentours. Deux humains échoués sur un banc de sable constituaient une proie facile pour les patineurs. Enfin, l'aîné enterra sa sœur jusqu'à la taille pour éviter qu'une mauvaise vague ne s'en saisît.

« Je reviens, ma sœur. Je reviens tout de suite ! »

Goël se jeta à l'eau et nagea jusqu'à l'endroit où la pirogue avait sombré. Quelques vêtements jonchaient la mer, trop légers pour même accompagner les vagues. Mais ce que l'aîné cherchait, et ce qu'il eut la grande joie de retrouver, était la bourse de cuir où sa sœur, avant leur départ, avait enfermé les fourmis brodeuses. Goël l'ouvrit en hâte : beaucoup d'insectes étaient noyés, mais quelques-uns pataugeaient encore. L'aîné rapporta la bourse aussi vite qu'il put et sema les fourmis sur la plaie de sa sœur. Le naufrage les avait affaiblies, elles aussi. Cependant, moyennant quelques chiquenaudes impatientes de Goël, elles se mirent peu à peu à l'ouvrage et parvinrent à réduire, en quelques heures, l'horrible tranchée dans la gorge de la jeune femme à une entaille plus présentable. La respiration de Dorâm parut s'élargir : elle aurait la vie sauve.

« Joli travail, mes belles ! » les félicita l'aîné en recueillant dans le creux de sa main les insectes fourbus.

Il s'enterra à son tour, jusqu'à la poitrine, le tube-à-douleur retenu à son cou par un lacet de cuir. Aussitôt, il s'endormit.

La tempête fut l'une des plus longues jamais enregistrées à la surface de Canisse. Il semblait qu'un aspect particulier d'Omir avec Ikassar rouge, source de tensions atmosphériques, en eût amplifié les effets. Son paroxysme dura sept heures, en sorte que son déclin — ou sa *relâche*, terme éloquent choisi par les Canissiens — ne s'amorça qu'à l'aube du lendemain. Entre-temps, Goël s'était risqué de nouveau parmi les débris de la pirogue, plongeant plusieurs fois à la recherche d'objets coulés. Malheureusement, le courant les avait dispersés sur une grande surface et en avait perdu beaucoup ; la pêche fut maigre : quelques coquillons échappés aux patineurs, une paire d'échasses, un filet, un grattoir et d'autres babioles trop modestes pour mériter mention. Bien que peu superstitieux, moins en tout cas que Dorâm dont la robe s'alourdissait d'amulettes en tous genres, Goël s'imposa la tâche épuisante de remonter à l'air libre douze des vingt-trois cailloux du cairn familial. Le poids du plus gros, qu'il ne put soulever et dut donc rouler sur le fond, avoisinait sans doute le quintal. Aucune trace, en revanche, du canot disloqué par les vagues, ni de la voile mise en charpie par leurs élans contraires.

Quand la tâche de Goël s'acheva, il y avait près de cinq heures qu'il besognait dans l'eau. Son tube-à-douleur l'avait débarrassé d'au moins trois patineurs, partis en chasse après l'accalmie. L'aîné consacra ses dernières forces à traîner sa sœur jusqu'à un banc de sable plus important qu'il avait repéré, dans la direction du coucher d'Ikassar, où il dressa une ébauche de campement. La tempête, comme toujours, avait rayé des îlots de la carte et en avait formé d'autres — leur chance, cette fois, était qu'à peine cinq jets de pierre séparaient l'îlot englouti de l'îlot nouveau-né.

« Voilà, nous serons bien ici… Je vais refaire le cairn. Repose-toi, nous aviserons à ton réveil ! » fit l'aîné en couchant sa sœur sous l'abri.

Il avait pris exprès une voix enjouée, supposant que Dorâm, même inconsciente, y trouverait du réconfort. Mais, en vérité, l'angoisse poussait de longues aiguilles dans ses veines. En portant la jeune femme sur son dos, il l'avait sentie brûlante et trempée de sueur. Maintenant qu'il examinait sa plaie, il découvrait que le travail des fourmis n'avait pas remédié à l'hémorragie, mais l'avait contenue seulement. Du sang s'écoulait toujours, mêlé d'un pus hideux, du coin de la blessure. Ses bords étaient rouges et boursouflés. Un soupir échappa à l'aîné, auquel sa sœur répondit d'une longue plainte.

Goël s'accorda une heure seulement de repos avant de repartir en mer. Il ramassa quelques poignées d'herbe à pétrole, grâce auxquelles il put allumer un feu chétif sous l'abri. Quant aux herbes bonnes à manger, il n'en découvrit guère, ou trop fortement arrimées au sable pour pouvoir les extraire sans outil. Mais les simples qu'il cherchait surtout, dont les feuilles digitées évoquaient à s'y méprendre un ongle humain et auxquelles la tradition conférait le pouvoir d'atténuer les fièvres, ces plantes ne poussaient nulle part aux abords de l'îlot... Retour de sa vaine expédition, Goël toucha le front de sa sœur et en retira aussitôt la main comme d'un vase bouillant :

« Dorâm, Dorâm... » s'inquiéta l'aîné.

Quand leur mère avait contracté une peste inconnue, des années auparavant, Goël, alors un adolescent, s'était absenté trois jours du camp. Une coutume indigène voulait que l'aîné partît seul en quête d'un mégathalos quand l'un des siens se trouvait en péril de mort, selon la croyance familière que les branchies du gigantesque poisson abritaient un coquillage salutaire, le *Murex delpis* : une seule bouchée de ce mollusque, assuraient les Anciens, prémunissait contre toutes les maladies, sinon obtenait leur guérison instantanée. Le problème était qu'on n'avait jamais trouvé trace de ce coquillage miraculeux, et que les jeunes Canissiens lancés sur sa piste n'avaient rapporté que blessures et contusions de leurs équipées maritimes. Goël lui-même avait frôlé la mort lors d'une rencontre nocturne avec un patineur, puis une seconde fois entre les branchies du mégathalos, brusquement resserrées quand l'animal avait plongé. Lorsqu'il était rentré au camp, hélas, il était trop tard : leur mère avait déjà rendu l'âme...

Ce jour-là, au chevet de Dorâm, l'aîné songea de nouveau au *Murex delpis*. Plus le front qu'il épongeait devenait chaud et le pouls qu'il tâtait filiforme, plus l'idée prenait consistance dans son esprit. De soudaines convulsions de sa sœur, en proie à une fièvre intense, hâtèrent sa résolution. Goël referma les doigts de Dorâm sur le manche du tube-à-douleur et, l'installant du mieux qu'il pouvait sur la litière, lui annonça d'une voix décidée :

« Dorâm, je pars à la recherche du *Murex delpis*. Le mégathalos n'est pas loin, ce sera l'affaire d'un ou deux jours. Prends cette arme, et n'hésite pas à faire feu ! Je serai de retour dès que possible. »

Rien dans l'expression égarée de la Canissienne ne témoignait qu'elle avait entendu. Goël constata cependant que la main de sa sœur tenait fermement le tube-à-douleur, ce qui lui parut bon signe. Il embrassa la joue de Dorâm et réunit dans un sac des objets qui pourraient lui servir — entre autres, un bâton dont il avait fait une arme rudimentaire en ficelant à son extrémité l'éclat tranchant d'une coquille de mollusque. Le regard qu'il jeta vers l'ouest, dans la direction perçue du puits d'émergence, le rassura quelque peu : la tempête avait modelé de ce côté tout un chapelet d'îlots, haltes bienvenues sur la voie du mégathalos, et tracé entre eux un cordon presque ininterrompu de sable, sous une fine couverture d'eau, qui promettait de les rallier presque à pied sec. Avec un peu de chance, il n'aurait même pas à nager…

Souriant, Goël monta sur ses échasses et

enjamba le sommet de la dune. Le lever d'Omir, à l'horizon occidental, inaugurait pour les Canissiens un temps de calme et d'eau libre propice aux réjouissances.

11

Le Criquet filait doucement à quelques mètres au-dessus de Ramorine, deux de ses turbines éteintes sur les quatre équipant le moteur. Tant sa vitesse avait faibli, la surface de l'océan se ridait à peine à son passage, quand les engins plus rapides y creusaient des tranchées écumeuses. Sans le miaulement continu des tuyères, ce fantôme argenté serait passé inaperçu. Pourtant, l'allure erratique du vaisseau-pêcheur, ses volte-face, ses virages et ses va-et-vient avaient de quoi éveiller l'attention. Le pilote lui-même, aux ordres d'un Canissien à demi nu et empestant le poisson, se sentait pris de vertige.

« Monsieur Asaibi, il faut vous décider... intervint Moox, qui perdait patience. Vous disiez tantôt que le mégathalos se trouvait dans cette direction, plein ouest. Nous avons suivi ce cap. Puis vous avez dit : "plein sud !" et nous y sommes allés... Et maintenant, vous prétendez qu'il a viré au nord !

— C'est un poisson, il nage ! rappela Xhan avec ironie.

— Même le poisson le plus véloce ne saurait bondir en une minute d'un pétale à l'autre de la rose des vents…

— Taisez-vous ! ordonna Iolana. Vous l'embrouillez ! »

Même spacieux et pourvu de sièges confortables, le bulbe de pilotage semblait étroit pour les sept personnes qui entouraient le Canissien Asaibi, debout, les mains à plat couvrant ses yeux fermés, un vilain rictus sur sa figure hâlée. Sauf le pilote assis aux commandes, tous avaient les yeux tournés vers l'indigène, guettant une réaction, cri ou frisson, qui trahirait l'éveil de son instinct ichtyologique. Moox et Iolana, la braconnière, formaient autour du collecteur le groupe le plus fébrile. Xhan se tenait un peu à l'écart, jouant distraitement de sa pipe noircie tandis que la famille du pilote, déçue sans doute que leur excursion touristique dans l'Outre-Monde tournât à la partie de pêche, affichait sa mauvaise humeur par des bougonnements eux-mêmes très déplaisants. S'ajoutait à cette promiscuité difficile la présence d'un patineur apprivoisé, ou supposé tel, dont l'aiguillon capuchonné planait, menaçant, au-dessus des têtes. La sœur du pilote refusait de l'enfermer dans sa niche, au motif que l'animal avait grandi et s'y sentait à l'étroit. Le bruit des petits coquillons broyés sous les mâchoires du monstre causait à tous, mais au Canissien surtout, des émotions désagréables.

Au propre comme au figuré (depuis peu, une

panne du filtre à air saturait l'habitacle d'odeurs fangeuses), l'atmosphère à l'intérieur du vaisseau devenait lourde et même irrespirable. Le pilote comme les passagers n'avaient qu'une hâte : qu'on en termine, et que ce maudit mégathalos qu'on coursait depuis des heures apparût enfin sur l'écran radar.

Il faut dire que le guide de l'expédition, cet indigène vêtu de hardes auquel la braconnière avait promis une solide récompense, semblait bien à la peine. Après s'être vanté qu'il les conduirait tout droit au poisson, qu'il n'aurait qu'à fermer les yeux pour repérer l'animal, Asaibi avait dû rabattre de ses prétentions.

« Je ne comprends pas… L'image est floue… » s'était plaint le Canissien. Les jambes tremblantes, le souffle accéléré, il donnait les signes du plus grand égarement.

« Ma parole, il va faire sous lui ! » s'esclaffa méchamment la sœur du pilote.

À trois reprises déjà, Asaibi avait fait stopper l'appareil et ouvrir l'écoutille, sous le prétexte d'abord de s'aérer, puis accusant l'épais fuselage de brouiller sa perception du puits d'émergence, ou encore le voisinage hostile du patineur de nuire à sa concentration. Le collecteur était sincère : pour une raison inconnue, la congestion qui se produisait d'ordinaire sous son crâne, ce brusque afflux de sang qui l'aidait à situer le poisson, cette fois n'avait pas lieu. Il n'avait bénéficié que d'intuitions vagues, de survols et d'effleurements au lieu du choc familier. Comment l'expliquer ? Le poisson avait-il sondé et gagné d'inaccessibles profondeurs ? S'était-il éloigné à telle distance, peut-être sur l'autre face de la planète, qu'il n'était plus à portée du sixième sens canissien ?

Après avoir erré longtemps à la surface de Ramorine, le vaisseau ralentit et s'immobilisa sur un geste accablé du pilote.

« Nous gaspillons notre temps et notre combustible... estima le jeune homme. Il faut nous rendre à l'évidence : soit le mégathalos a disparu, soit notre guide n'est bon à rien. »

Cette dernière hypothèse, reprise à mi-voix par d'autres passagers, mortifia Asaibi au point qu'il voulut aussitôt quitter le Criquet.

« Laissez-moi descendre ! Je ne resterai pas un instant de plus en compagnie de ces... métèques ! »

Il exigea d'être déposé sur un banc de sable visible à quelques encablures — la vérité est que personne n'y trouva à redire, ni ne s'inquiéta de la façon dont cet homme seul, abandonné au milieu de l'océan, rallierait son campement. L'îlot n'était pas assez étendu pour permettre au vaisseau d'atterrir. Le Canissien n'eut d'autre choix que de sauter en marche, tel un clandestin chassé d'un navire. Or, à peine ses pieds eurent-ils touché le sable — ou plutôt l'eau de Ramorine car, impatient, il avait plongé à deux mètres environ du rivage — que le signal du mégathalos se ralluma dans son esprit. La vision du grand poisson lui fut rendue, nette et claire, et sa position donnée avec la meilleure précision : à cinquante degrés nord, quarante-huit degrés ouest, distant d'une douzaine de kilomètres, s'éloignant d'eux à faible vitesse.

« Attendez ! hurla le Canissien au Criquet qui s'éloignait. Attendez ! Je sais où il se trouve ! »

On ne ramena pas Asaibi à bord, au grand soulagement des parents du pilote qui se plaignaient de sa mauvaise hygiène, mais on l'installa sur une bouée que l'astronef prit en remorque. Il fallait qu'une partie de son corps baignât dans l'eau de Ramorine, condition maintenant établie du sixième sens indigène. Ce fut un succès : en quelques minutes, le Criquet lancé dans la bonne direction pénétra un gigantesque cercle d'écume dont le diamètre avoisinait celui de l'horizon. Il témoignait qu'une masse énorme agitait l'eau en dessous. Il n'y avait d'ailleurs qu'à regarder la bouée du pauvre Canissien, soulevée par une houle furieuse qui menaçait de l'engloutir. Asaibi se cramponnait comme il pouvait à la balise, ruant et cabriolant parmi les vagues. À la fin, les passagers eurent pitié.

« Allez, montez ! » lui cria le pilote en déployant une grande échelle.

Le Canissien essoufflé se hissa à bord.

« Merci, Asaibi, le félicita Moox en prenant la main mouillée de l'indigène. Vous nous avez rendu un fier service. Savez-vous à présent où se trouve le chef de ce colosse ? Sa tête, je veux dire… »

Le Canissien tourna la sienne de droite et de gauche.

« Je ne sais pas.

— Tant pis, nous allons chercher. »

Le pilote effleura le tableau de commandes, ce qui eut pour effet d'escamoter toute une partie du fuselage. Comme beaucoup d'appareils de sa classe, le Criquet Vector était décapotable, et pouvait selon les circonstances revêtir l'aspect d'un élégant cabriolet ou d'une somptueuse berline. Mais ce modèle de grand luxe ajoutait à cette fonction répandue une altération optique du reste de la coque, devenant, sauf le bloc moteur et les tuyaux de refoulement, entièrement transparent — d'où l'illusion délicieuse, chez les passagers, d'évoluer en plein ciel.

« Quelle belle machine vous avez là ! apprécia Moox.

— Merci, fit le pilote en souriant du compliment. Nous allons maintenant voler vers l'intérieur du cercle… En toute logique, nous devrions bientôt apercevoir soit la queue, soit la tête du mégathalos ! »

Le vaisseau-pêcheur s'éleva d'une bonne centaine de mètres, sans toutefois resserrer le cercle d'écume qui apparaissait, depuis cette altitude, encore plus vaste qu'ils n'avaient cru. Il fallut plusieurs minutes de progression horizontale, à la plus grande vitesse qu'autorisait le vol troposphérique, pour qu'une ombre sous l'eau trahît la présence de l'animal. Seulement, cette ombre elle-même était démesurée — si étendue, en vérité, qu'on ne pouvait l'embrasser d'un seul regard ni donc en discerner la forme.

« Incroyable... » chuchota le pilote, qui donna une nouvelle poussée aux réacteurs ventraux du Criquet.

Le vaisseau poursuivit son ascension : trois cents mètres, cinq cents mètres, huit cents mètres... À mille mètres, enfin, cette ombre colossale qui semblait avoir envahi toute la mer prit les contours d'une nageoire de queue. Frissonnant dans la fraîcheur des nuages, les passagers n'en pouvaient détacher les yeux.

« Voyez, je n'avais pas menti ! fit Moox en se tournant vers Xhan. C'est bien le plus gros poisson que la mer ait porté ! ... ou faudrait-il dire *les* mers, car le mégathalos, sûrement, n'a aucun rival dans aucun océan ! Auprès de ce mastodonte, vos *Cymbalia maximi* font figure de menu fretin ! Allons, Xhan, il est temps de réviser votre Guide ! »

Peut-être ledit Guide aurait-il fourni quelque réplique au retraité, mais Xhan l'avait laissé à bord du vaisseau de son compagnon. Au demeurant, depuis l'apparition du mégathalos, l'ancien garde-pêche partageait la curiosité des autres passagers pour cette créature extraordinaire — laquelle, non content d'humilier tout le règne animal par ses dimensions cyclopéennes, semblait aussi faire injure aux zoologistes dont les tables avaient fixé depuis des siècles, pour l'ensemble des mondes connus ou concevables, selon leurs contraintes propres de gravité et de chimie, le gabarit maximum de la faune terrestre ou marine. Xhan tapota quelques chiffres sur le terminal de bord, puis lança avec excitation :

« Si le mégathalos a les proportions d'une baleine bleue, c'est-à-dire si sa queue mesure environ le sixième de sa taille, alors sa longueur totale doit excéder... cent quatre-vingts kilomètres !

— Prodigieux ! réagit Moox.

— Le mégathalos a la silhouette trapue d'un cétacé, mais la souplesse d'une murène... observa la braconnière. Il se déplace dans l'eau par ondulations. En fait, il ne ressemble à rien de connu. C'est une aberration de la nature ! »

Le pilote se pencha avec intérêt sur l'écran du terminal dont le voile lumineux flottait devant le paysage.

« Ce n'est plus l'échelle d'un animal, c'est celle d'un territoire. Et comme tout territoire, il nous faut une carte pour l'explorer ! Xhan, auriez-vous l'obligeance de calculer la position de la tête, de l'évent, des nageoires, enfin de toute partie digne d'intérêt ? Nous perdrons moins de temps si nous avons un cap à suivre...

— Et si nous prenions plutôt de l'altitude ? objecta lucidement l'ancien garde-pêche. Le mégathalos nous apparaîtrait en entier !

— En nous élevant encore, nous pénétrerions la zone brumeuse qui ceinture cette région de la planète, la plus exposée au rayonnement des astres... La brume résulte de l'intense évaporation de Ramorine, qui atteint son paroxysme pendant la course d'Omir. Là-haut, nous n'aurions aucune visibilité !

— Je comprends, fit le retraité. Eh bien, dans ce cas, au travail...

— Merci, Xhan. »

Le terminal ne tarda pas à livrer les chiffres attendus. Le pilote programma le vaisseau en conséquence et le Criquet effectua seul la manœuvre de descente. Sur le conseil de la braconnière, le cap choisi était celui de l'évent — une partie de l'énorme bête où l'on ne risquait ni coup de queue ni coup de dents. Le Criquet suivait une pente assez douce pour que l'animal immergé restât longtemps en vue des passagers. Moox et le pilote débattaient avec animation de sa morphologie, comme ils auraient discuté du nom d'une ville ou d'une montagne survolée à grande altitude : cette ombre en mouvement sous les eaux, était-ce la nageoire caudale ou pelvienne ? Dans quelle direction se trouvait l'œil ? Iolana, au contraire, ne témoignait qu'une attention distraite au mégathalos, préférant scruter l'horizon dans ses jumelles à longue portée. Quant à l'indigène, dont plus personne ne s'occupait, il soupesait d'un air ravi la torche reçue en récompense, jouant à s'éblouir en l'allumant devant ses yeux.

Xhan, de son côté, peinait à rassembler ses esprits avant la rencontre imminente. Il avait beau se répéter que le mégathalos n'était qu'un gros poisson et que cette excursion ressemblait à beaucoup d'autres auxquelles il avait pris part, son intuition le démentait. Plus le colosse se rapprochait, plus il sentait s'accélérer la circulation du sang dans ses veines, et pareillement s'activer sa respiration, se tendre ses muscles, comme si son corps s'était préparé à une confrontation dangereuse. À deux reprises, pendant la descente, il avait surpris le regard de Moox et d'Iolana sur lui. Ces deux-là lui cachaient-ils quelque chose ?

Xhan en était là de ses réflexions quand un soudain afflux de lumière le fit tressaillir. Un faisceau blanc le frappait au visage. Il fit écran de sa main et découvrit le Canissien, hilare, qui braquait la torche sur lui.

« La lumière… Très beau ! Je l'apporterai au Cercle ! Goël sera fier !

— Bien, approuva le retraité. Mais ce n'est qu'un acompte. On a promis de vous payer. Ne vous laissez pas faire, réclamez votre dû ! »

Asaibi hocha mollement la tête. À l'évidence, cette modeste étrenne lui suffisait. L'aurait-on débarqué sur un îlot quelconque de l'océan, ou même sur le dos glissant du mégathalos, il aurait pris congé sans demander son reste.

« Je vous ai vu nager ! reprit le Canissien qui s'amusait à occulter la torche avec sa main pour voir au travers. L'eau piquante ne vous fait pas mal.

— Oui, j'ignore pourquoi.

— C'est votre peau. Votre peau est comme celle des poissons. Et vos doigts... »

Asaibi prit une main du retraité dans la sienne et força l'index à s'écarter du majeur. La palmure avait disparu mais un bourrelet de peau subsistait à la base des premières phalanges : en l'étirant avec un ongle, le Canissien parvint à dérouler la membrane sur plus d'un centimètre. Gêné, l'ancien garde-pêche retira sa droite.

« J'ai vu des métèques... comme vous.

— Comme moi ?

— Ils nagent dans Ramorine pendant l'éclipse d'Ikassar. Ils voient sous l'eau et apprivoisent les patineurs. »

D'un menton craintif, le Canissien désigna l'étrange animal qui s'était assoupi au fond du vaisseau, son dard velu oscillant près de sa tête, les balanciers repliés sur son abdomen, dans la posture crispée d'une araignée morte.

« Je n'ai pas apprivoisé de patineurs, rectifia l'ancien garde-pêche.

— Vous pourriez, votre seigneurie.

— Où sont-ils ? Où sont ces étrangers qui me ressemblent ? »

Asaibi balaya l'arrière du Criquet avec sa torche et Xhan crut d'abord qu'il pointait une direction. Mais en voyant reluire un objet dans le cône de lumière, le retraité comprit qu'il s'agissait d'un nouveau jeu. Il enleva la lampe au Canissien et pressa un bouton sur le côté : la torche se mit à clignoter.

« Joli ! exulta l'indigène.

— Où sont-ils ? » répéta Xhan.

Cependant Asaibi, au comble de la joie, sautillait dans la coursive en dessinant des huit avec sa torche allumée ; l'ancien garde-pêche n'eut pas de réponse à sa question.

« Des enfants... » maugréa le retraité avec un geste d'abandon.

Après un moment, le pilote reprit possession des commandes du Criquet. Xhan le vit abaisser la main à plat sur un capteur, ce qui eut pour effet de ralentir puis de stationner l'appareil. Immobile, sauf d'infimes corrections de dérive imposées par les remous de l'air, le vaisseau lévitait à soixante mètres environ au-dessus des vagues. Le plancher transparent laissait voir la gigantesque percée que semblait faire dans l'océan, telle une tarière dans l'argile, l'évent crânien du mégathalos.

À si courte distance, comme s'étendait de chaque côté et à perte de vue le front écailleux de la bête, on peinait à croire que c'était là une partie d'un animal. Tant sa forme que son activité évoquaient plutôt un geyser tel qu'il en jaillit des profondeurs soufrées de la terre. L'eau qui s'engouffrait dans l'évent formait une cataracte grondante, tandis qu'un sifflement assourdissant accompagnait la phase expulsive. Malgré l'épais fuselage du Criquet, les passagers sentaient le plancher vibrer sous leurs pieds. Il était pourtant difficile d'associer ce phénomène à la respiration d'un être vivant. Xhan n'en prit conscience, et ne mesura du même coup l'ampleur des forces en jeu, qu'en voyant des oiseaux qui l'avaient frôlé disparaître en tournoyant à l'intérieur. Le pilote assista à la même scène : il choisit prudemment d'écarter le vaisseau de la verticale du trou, crainte que le Criquet fût aspiré lui aussi.

À l'aspect du gouffre béant, un silence déférent s'était fait parmi les passagers. Même le folâtre Canissien avait abandonné sa torche, et contemplait agenouillé les narines du colosse. Un long moment passa sans qu'on entendît le moindre soupir. Iolana fut la première à donner de la voix :

« C'est un mâle, affirma la braconnière, le plus gros que j'aie jamais vu…

— Un mâle ? releva Moox. Nous cherchions une femelle !

— Eh bien, un mâle s'est présenté… Nous n'y pouvons pas grand-chose. Les mégathalos sont libres d'aller et de venir comme bon leur semble !

— Ça n'arrange pas nos affaires !

— Quelle différence, Moox ? » s'étonna l'ancien garde-pêche.

« Les femelles sont plus.. attrayantes, bredouilla son compagnon. Mais oubliez ce que j'ai dit ! Admirez ce grand mâle et, quand vous aurez satisfait votre curiosité, nous partirons en quête d'une femelle dans les environs. Nous y passerons la journée s'il le faut… »

Ces paroles ne firent rien pour éclaircir le mystère mais, si possible, l'assombrirent davantage. Après avoir vainement prié des explications, Xhan se détourna avec un haussement d'épaules. Son attention se reporta sur l'évent du mégathalos, qui donnait tous les signes d'un réveil imminent.

« Un évent, ce n'est pas commun chez un poisson !

— Le crâne des mégathalos est percé d'un évent, mais ils possèdent aussi des branchies, indiqua la braconnière. En fait, leur système respiratoire est hybride. Vous verrez, ces animaux n'ont pas fini de vous surprendre ! »

Une brume assez dense s'était tissée autour de l'orifice, ce dont Iolana déduisit que le poisson avait émergé voilà plus d'une heure.

« Il est rare qu'un mégathalos reste aussi longtemps à l'air. Quelque chose ou quelqu'un doit le retenir en surface. C'est une aubaine pour les pêcheurs, s'il s'en trouve alentour… »

Le regard de la jeune femme restait fixé sur l'évent moucheté du monstre, tantôt sous l'eau, au foyer d'un tourbillon colossal, tantôt émergé et soufflant à hauteur de falaise une tresse d'eau et de vapeur dont l'extrémité s'ouvrait en palmier. Xhan voyait luire dans ses yeux une envie qu'il connaissait bien : c'était celle, brusque, impérieuse, non moins urgente qu'une pulsion sexuelle, du prédateur pour la proie.

Soudain, alertée on ne savait comment, Iolana chaussa ses jumelles et les pointa vers l'ouest, dans la direction probable de la tête du mégathalos. Il n'y avait rien de ce côté qu'un amas brumeux, pourtant la braconnière annonça d'une voix sûre :

« Il faut partir d'ici...

— Que se passe-t-il ?

— Il faut partir, sur-le-champ. Nous ne sommes pas seuls. »

Toutes les têtes se tournèrent vers le couchant. Dans la confusion des vapeurs qui hantaient l'horizon, de petits points commençaient d'apparaître, durs et mobiles, cristaux en mouvement rapide sur le fond ouateux du ciel. Xhan en compta sept.

« Qu'est-ce que c'est ? demanda le retraité.

— Des vaisseaux braconniers... J'ignore comment ils sont arrivés jusqu'ici. Peut-être qu'un autre Canissien les a guidés, à moins qu'ils ne nous aient suivi ?

— Impossible ! s'insurgea le pilote. À si faible altitude, aucun radar ne pouvait nous détecter !

— Les braconniers sont astucieux. Ils pisteraient un canot dans la tempête, s'il pouvait les conduire au poisson... »

Le temps de ce bref échange, les vaisseaux braconniers lancés à pleine vitesse avaient acquis la taille de gros jouets. Ils formaient à présent un arc menaçant à quelques encablures du Criquet. L'ancien garde-pêche découvrit, étonné, les marques de couleurs appliquées sur les ailes et les flancs des appareils, pour la plupart de vieilles machines, sales et délabrées, dont des mécaniciens avaient fait des bolides en leur greffant des surpropulseurs. Certains étaient rayés de jaune, d'autres étoilés de rouge, d'autres encore illustrés d'un harpon sanglant, d'un requin ou d'un piranha gueule ouverte — bêtes de cauchemar au tracé maladroit mais féroce.

« Des peintures de guerre... » commenta Iolana.

Pressant un bouton, le pilote fit coulisser le toit du Criquet vers sa position d'origine, tandis que le plancher retrouvait son opacité. L'intérieur du vaisseau parut s'assombrir. Le Criquet plongea, presque au ras des vagues.

« Vous croyez qu'ils nous ont vus ? s'enquit le retraité.

— Aucun doute, soupira Iolana. Il est même certain qu'ils savent qui nous sommes. Croyez bien que si nous représentions une menace à leurs yeux, nous aurions déjà essuyé quelques tirs de lasers ! »

La braconnière semblait soucieuse et ne lâchait plus les jumelles dont l'amplificateur de lumière lui dessinait un masque blanc. Enfin, elle se tourna vers Xhan avec un geste éloquent :

« Monsieur, je regrette, mais nous devons interrompre cette excursion... Il serait trop risqué de rester dans le voisinage des braconniers. Un mégathalos de cette taille ne peut qu'exciter leur convoitise. Le premier qui décochera son dard sonnera la curée.

— Bien parlé ! approuva Moox. Il faut ficher le camp ! Xhan, je vous donne ma parole qu'avant ce soir, vous pourrez admirer une femelle mégathalos en toute sécurité ! »

À peine avait-il prononcé ces mots qu'un vaisseau un peu à l'écart des autres, à la périphérie du cercle volant, chargea soudain le mégathalos. Les réacteurs poussèrent un rugissement de tigre, doublé bientôt du feulement d'un harpon. Sur cette cible immobile, le tir porta facilement. On vit la grosse flèche d'acier s'enfoncer jusqu'à la garde, puis deux autres tirées du même vaisseau, mais à l'oblique, atteindre le mégathalos en deux points différents. Tout s'était passé si vite que l'ancien garde-pêche, prenant appui sur les accoudoirs d'un fauteuil pour se redresser, n'était pas encore debout quand les trois câbles se tendirent.

« Les salopards ! » s'écria Xhan.

Sa main se crispa sur son flanc. À l'instant du premier impact, une douleur fulgurante lui avait percé le foie. Il regarda ses doigts, noués et tremblants ; il n'aurait pas été autrement surpris d'en voir goutter du sang. Pourtant, les dards semblaient minuscules à l'échelle du mégathalos et, pas plus que des épines fichées dans une armure, ne paraissaient de taille ni de nature à le blesser.

Au contraire, il y avait tout lieu de croire qu'au premier frisson de l'énorme animal, le vaisseau braconnier serait réduit en pièces, ou du moins éventré par l'arrachement brutal du câble de harponnage.

« Pourquoi tourmenter cette pauvre bête ? gémit l'ancien garde-pêche. Ils n'en viendront jamais à bout avec des piques ! Ça ne fait que l'égratigner !

— Ne croyez pas cela ! lui répliqua Iolana. Les harpons ne sont pas plantés au hasard, mais en des points précis qui s'apparentent aux nœuds d'acupuncture. Ce sont les Canissiens qui nous les ont enseignés. Quelques flèches piquées aux bons endroits peuvent suffire à tuer le poisson. Et puis certaines sont armées de têtes explosives qui détonent à l'impact : elles causent de graves hémorragies...

— En tout cas, le mégathalos n'a pas bougé une nageoire !

— Ça ne saurait tarder. Et alors, mieux vaudrait pour nous que nous ayons quitté les parages...

— Nous allons prendre de l'altitude, acquiesça le pilote, puis nous nous éloignerons. À combien faut-il s'élever pour échapper au coup de queue ?

— Aussi haut que possible ! »

La distance était telle de l'évent au cerveau de la créature que l'influx nerveux, lancé à la vitesse de cent mètres à la seconde, mit près d'une minute à parvenir au thalamus. Il s'en écoula une autre avant que l'ordre venu en réponse n'animât les muscles de la queue. Un tressaillement parcourut le cuir strié d'écume. Ce grand frisson creusa autour de l'évent un gouffre de plusieurs mètres de profondeur ; il y eut dans l'air comme une détonation et tous les vaisseaux présents, comme avalés par un trou d'air, perdirent de la hauteur au même instant. Le Criquet qui décollait fut brutalement rabattu au sol ; peu s'en fallut même qu'il ne heurtât les vagues, parce que le pilote avait tardé à remettre les gaz.

« Filons d'ici ! » s'écria Moox dont l'épaule avait violemment donné contre la paroi.

Hélas, le temps pour le pilote de remettre sa machine à l'assiette, la créature eut un nouveau soubresaut. Ce qui ressemblait à une montagne se dressa à l'horizon, projetant son ombre sur des dizaines de milles. Xhan, le plus familier de l'anatomie des poissons, identifia une nageoire dorsale, hérissée de piquants hauts comme des gratte-ciel.

« Nous n'avons rien à craindre, estima l'ancien garde-pêche, ce n'est qu'une parade d'intimidation... Gare, en revanche, si le mégathalos agite sa queue ! »

Le pilote jouait fébrilement des commandes pour fuir le danger. Les huit réacteurs du Criquet, quatre à la propulsion, quatre à la direction, rugissaient de concert en soufflant leur haleine bleue dans l'atmosphère bruineuse. Aux violents remous de l'air s'ajoutait maintenant un autre péril : celui des câbles de harponnage qui striaient, toujours plus nombreux, l'espace autour du poisson, à mesure que les braconniers lançaient d'autres piques sur l'animal. Aussitôt après la première salve, une autre avait suivi, nourrie des tirs convergents de plusieurs équipages — ainsi les loups se ruent-ils sur la proie que leur chef a mordue. En même temps, les sept vaisseaux s'étaient liés ensemble par le moyen de crampons magnétiques, formant au ras de l'eau un filet souple et solide, une étoile d'acier flottant au vent. Certains appareils volaient si bas qu'ils recevaient l'éclaboussure des grosses vagues.

« C'est de la folie ! s'exclama le retraité. Si un seul prend la mer, tous seront engloutis !

— Nous risquons de l'être aussi, s'inquiéta Moox. Par pitié, faites-nous sortir d'ici ! »

En plein désarroi, suant à grosses gouttes, le pilote martela du poing le tableau de commandes.

« Impossible ! Les câbles nous emprisonnent, nous sommes piégés ! »

Ce fut à cet instant que le mégathalos, dont les nerfs vibraient maintenant d'influx rapides, roula pesamment sur lui-même, entraînant au fond de l'eau les piques qui hérissaient son flanc, et avec elles les filins d'acier reliés aux vaisseaux-pêcheurs. Mais, alors qu'on s'attendait à voir tout l'essaim d'apparcils plonger à sa suite, ces derniers dévidèrent bruyamment leurs câbles sans quitter leur position, quelques mètres au-dessus des vagues. La technique était si bien rodée qu'ils n'eurent pas besoin d'allumer leurs réacteurs ventraux, jouant seulement des volets de freinage.

« Ce sont de bons pilotes, apprécia Moox, mais ça ne les sauvera pas ! Quand le câble sera déroulé tout entier...

— Le mégathalos n'a pas plongé, observa Iolana. Il a fait la culbute !

— Pourtant, s'il sondait, il se débarrasserait des braconniers ! »

Xhan rappela comment les poissons-léopards s'entortillaient exprès dans la ligne pour soulager la morsure de l'hameçon puis, d'un brusque coup de queue, arrachaient la canne des mains du pêcheur.

« C'est un jeu risqué, jugea Moox. Le mégathalos pourrait étouffer dans la pelote des câbles ! »

Iolana ne put réprimer le sourire qui lui montait aux lèvres.

« Vous n'y êtes pas. Si le mégathalos reste en surface, c'est pour une bonne raison !

— Laquelle ?

— J'ai déjà vu une scène semblable. Il n'y a qu'une seule explication...

— Là-bas ! Un homme ! »

Ce cri aigu avait échappé à la mère du pilote, qui d'émotion avait lâché la pipe à oxygène. De nouveau, elle pressa le masque sur son visage et pompa avidement l'air artificiel.

Tous les passagers du Criquet se ruèrent vers le hublot de tribord, en telle impatience que le vaisseau alourdi pencha de ce côté. Un spectacle effarant s'offrit à leurs yeux : au milieu des branchies qui fendaient la peau du monstre, lesquelles dans son mouvement venaient d'émerger des profondeurs de l'océan, un homme vivant s'etait réfugié — *réfugié*, c'était peu dire, car l'inconnu semblait bien à la peine, tremblant, glacé de froid sous les lambeaux d'algues qui bannaient son corps nu, cramponné des mains et des pieds aux rideaux mouvants de l'organe respiratoire. Sa posture rappelait le repli douillet du poisson-clown dans les tentacules de l'anémone, à cela près que l'intrus n'était pas dans son élément et risquait sa vie. Xhan nota, horrifié, le sang qui pleuvait en abondance de son nez et de ses oreilles.

« Cet homme... » commença le retraité qui, saisi par cette apparition, ne put finir sa phrase.

Iolana braqua ses jumelles en les réglant d'une main rapide.

« Il mâche des algues. Une espèce riche en oxygène. Ça doit l'aider à supporter l'apnée.

— Mais qu'est-ce qu'il fait ?

— Un rite d'initiation, je crois... J'ai déjà vu un Canissien dans les branchies d'un mégathalos. Les jeunes garçons font le tour de la planète à l'intérieur du poisson. Tous ne survivent pas.

— Il n'est pas si jeune, observa Moox.

— Si le mégathalos ne plonge pas, c'est donc pour épargner son hôte ?

— Possible. »

Asaibi s'approcha à son tour du hublot. Il contemplait la scène en mordillant ses ongles sales. L'homme était trop loin, et sa monture trop instable pour qu'on pût distinguer nettement les traits de son visage. À un certain moment, toutefois, une rafale drossa le Criquet aux flancs de l'énorme animal — l'en rapprocha si bien, même, que le tranchant de l'aile manqua désarçonner l'inconnu. Sa figure se révéla brièvement aux yeux des passagers. Le nez était fort, le front proéminent sous la barre unie des sourcils ; il y avait surtout cette balafre horizontale, suivant de près la courbe des mâchoires. Le Canissien s'exclama :

« Goël ! Mon frère ! »

Il arracha les jumelles des mains d'Iolana. Hélas, il n'avait qu'une faible notion de leur usage et commença par les chausser à l'envers. Entre ses doigts malhabiles, l'instrument faillit chuter deux fois. Pour finir, Asaibi se mit à hurler, les bras au ciel, en trépignant comme s'il avait perdu l'esprit :

« Goël ! Goël ! »

Les braconniers n'avaient pu manquer d'apercevoir l'homme agrippé au poisson. Ils s'étaient réjouis, sans doute, de la présence de cet intrus qui freinait les mouvements du monstre et le gardait hors de l'eau. Il ne leur fallut qu'un instant pour évaluer la situation. Soudain, dix-huit harpons à pointe barbelée jaillirent en sifflant d'autant de canons. Ils percèrent ensemble le cuir épais du mégathalos, certains si profond qu'ils firent gicler le sang. Une nouvelle bordée suivit, qui porta à vingt-neuf le nombre de flèches décochées contre la créature. Cinq des projectiles s'étaient accrochés aux branchies, auxquelles leurs ergots secoués par le vent arrachèrent des lambeaux sanglants. Mais surtout, l'un d'eux avait frôlé la cuisse du Canissien, qu'on vit replier sa jambe avec une grimace de douleur.

« Goël ! s'écria Asaibi. Ils vont le tuer !

— Sûrement pas, intervint la braconnière. Votre frère doit sauter à l'eau pour que nous le repêchions !

— Il va mourir ! hurla le collecteur.

— Calmez-vous !

— Il faut les empêcher ! »

S'étant concertés du regard, Xhan et le pilote se saisirent rudement du Canissien, à la façon dont on entrave un fou. L'ancien garde-pêche lui tordait le bras, pendant que l'autre lui attrapait le cou. Hélas, ils ne purent assurer leur prise : Asaibi leur glissa hors des mains tel un poisson qui prend sa liberté. L'instant d'après, parmi les cris et les jurons, il jetait son talon à la face de la braconnière dont le tube-à-douleur venait de jaillir du fourreau, et mordait jusqu'au sang l'oreille de Moox venu en renfort.

Ce qui suivit échappa à l'attention de la plupart des passagers, tant l'action fut rapide et prompt l'enchaînement des faits. Il advint qu'au moment où les voyageurs, ressaisis, allaient discipliner le forcené, l'océan que personne ne surveillait s'enfla d'une vague énorme causée par le soulèvement de la queue du mégathalos — un quart d'heure plus tôt, à des centaines de milles de là. La vague heurta le Criquet de plein fouet et, malgré l'efficacité des stabilisateurs, le renversa tel un sablier. La cabine, le panneau de commandes, les voyageurs eux-mêmes furent mis sens dessus dessous. L'accident fut fatal aux parents du pilote, dont les pipes à oxygène explosèrent sous le choc en criblant leur visage d'éclats de verre. La braconnière fit un adroit rétablissement mais ne put éviter l'aiguillon du patineur qui, réveillé en sursaut, avait piqué le premier humain à sa portée ; elle mourut dans d'atroces convulsions pendant que le dard empoisonné fouillait sa poitrine ouverte.

Les autres furent plus chanceux, qui trouvèrent à empoigner des mains courantes au plafond du Criquet. Mais au passage d'une nouvelle vague, quoique de moindre amplitude, des câbles tendus entre le mégathalos et les vaisseaux-pêcheurs rompirent soudainement : tels des fouets aux poings d'assaillants invisibles, les gros filins d'acier frappèrent en sifflant les flancs de l'astronef, en tel nombre et en tel élan qu'ils scalpèrent le bulbe de pilotage et causèrent de larges déchirures dans l'enveloppe métallique. Un des quatre réacteurs de propulsion fut désorbité, ouvrant une brèche dans le fuselage. Il en résulta un puissant courant d'air auquel Moox, le pilote et sa sœur, assurés d'une seule main, ne purent résister. Une bourrasque aspira les deux derniers hors du vaisseau : l'instant d'après ils plongeaient dans la mer ; Moox fut expulsé lui aussi, mais eut l'heureuse fortune d'agripper un câble dans sa chute — avec un remarquable sang-froid, il s'y lia des pieds et des mains et se laissa pendre au-dessus du mégathalos, où pour finir il atterrit.

Xhan avait assisté à toute la scène sans pouvoir vider ses poumons ni calmer la folle agitation de ses mâchoires. Il se trouvait lui-même en fâcheuse posture, le genou et l'épaule engagés dans une rainure du plafond, sans prise pour ses doigts que les contacteurs brûlants d'un tableau électrique. Les câbles de harponnage cinglaient toujours la coque dévastée du Criquet et lui faisaient l'effet d'une horrible créature, à l'extérieur, cherchant l'accès de son refuge. Le raclement de l'acier sur l'acier produisait un bruit épouvantable, comme si vraiment des crocs vivants avaient lacéré le métal.

Tournant la tête le plus loin qu'il pouvait, Xhan entrevit le Canissien suspendu à une rampe d'aluminium quelques mètres plus bas, le Canissien dont les yeux n'affrontaient pas le vide béant sous ses pieds mais surveillaient, agrandis d'horreur, le monstre qui avait tué Iolana et lui arrachait maintenant de grosses bouchées de chair.

« Regardez-moi ! » hurla le retraité, qui, lançant ce cri, faillit lâcher prise.

Asaibi n'eut pas de réaction.

« Par ici ! » bissa l'ancien garde-pêche — sans pouvoir davantage capter l'attention du rescapé. Un juron lui échappa. L'idée lui vint d'envoyer un objet quelconque dans la direction du Canissien, en profitant de sa position surplombante. Cependant il n'y avait rien alentour qu'il pût jeter, d'ailleurs le risque était grand de blesser Asaibi ou de l'assommer, ce qui n'eût rien arrangé. Xhan songea brièvement à uriner sur sa tête, mais ne trouva pas le moyen d'enlever facilement son pantalon de garde-pêche, attendu qu'il était sans braguette. En dernière ressource, il inventa de lui cracher dessus — là encore, ayant formé quelques jets de salive déviés par le vent, Xhan se trouva vite à court de munitions.

« Idiot ! Vas-tu enfin lever la tête ? » s'emporta le retraité.

Cette fois, le Canissien manifesta quelque intérêt à cet appel tombé des hauteurs. Il leva les yeux et avisa l'autre rescapé, mais n'en parut pas plus concerné que d'un oiseau perché sur une branche.

« Derrière vous... le tableau de commandes ! fit Xhan en avançant le menton. Si vous l'atteignez, nous pourrons peut-être redresser le vaisseau ! Allons, un petit effort ! »

Xhan espérait beaucoup de cette initiative. Hélas, non seulement l'indigène ne fit rien pour le satisfaire mais il détourna son regard, tandis qu'un long bâillement étirait ses joues. La vérité était que sous leurs paupières à demi rabattues, les yeux du Canissien n'abritaient plus le moindre éclat d'intelligence — c'étaient les organes tièdes et patauds d'un animal au joug, d'une bête qui n'avance qu'à coups de botte et de bâton.

Peut-être les deux hommes auraient-ils gardé leur perchoir jusqu'à épuisement si un dernier sursaut du mégathalos n'avait changé la donne, et bouleversé une nouvelle fois ce petit monde entre ciel et eau. Cinq des sept vaisseaux-pêcheurs étaient encore en l'air, dont les pilotes furent les premiers à flairer la catastrophe. Elle prit l'aspect d'une nageoire au bord ondulé qui se dressa dans le ciel, là-bas vers l'est, mais d'une telle surface et à telle hauteur qu'il semblait plutôt d'une montagne, projetée instantanément hors du sol par quelque séisme phénoménal. Le coup de queue de tantôt n'avait été, ils le mesuraient à présent, qu'un clapotis d'humeur auprès de cette vaste contorsion de tout l'animal, mis en furie par les assauts des pêcheurs.

Au demeurant, un œil moins exercé n'aurait donné aucun sens à ce brusque obscurcissement du ciel ; une oreille moins attentive n'aurait rien saisi du coup de tonnerre qui retentit à cet instant, si fort que les deux malheureux accrochés aux flancs du mégathalos — l'un enfoui dans les branchies, l'autre chevauchant un harpon — eurent les tympans crevés. Mais les braconniers, eux, surent aussitôt de quoi il retournait. Quelque part sur le pont d'un des vaisseaux-pêcheurs, le chef Gurban, qui agaçait d'une main fébrile les tresses postiches de sa barbe, en arracha soudain une pleine poignée.

« Nous avons mal travaillé, les garçons ! Nos piques n'ont pas atteint le système nerveux du mégathalos, peut-être n'ont-elles pas franchi l'épiderme...

— Seigneur, ce mâle était d'une taille inaccoutumée ! Nos calculs, je le crains...

— Peu importe. Dans la chasse au mégathalos, l'erreur ne pardonne pas. Il ne nous reste qu'à mourir. »

Pendant que les autres braconniers se ruaient vers les soutes des vaisseaux-pêcheurs, Gurban s'avança à la rencontre de l'ombre qui grandissait, formidable, dans la lunette avant, et n'était rien d'autre que la nageoire de queue projetée sur eux à la vitesse d'une balle de revolver. Il n'y avait rien à espérer d'une manœuvre éclair des vaisseaux, ni non plus des capsules de sauvetage : rien ne pouvait parer une attaque d'une telle ampleur, mortelle pour quiconque en était témoin. Le chef braconnier s'agenouilla devant la vitre et défit les attaches de sa cuirasse. Sous l'armure bouffante parut un homme maigre dont les bras et les jambes, sortant nus d'une tunique de coutil, étaient marbrés d'ecchymoses. Gurban joignit les mains et se mit à prier.

Enfermé à l'intérieur du Criquet, Xhan

n'avait aucun soupçon de ce qui se préparait. Mais, dans les derniers instants, tandis qu'une onde colossale soulevait l'air et l'eau des kilomètres avant la nageoire, il se sentit emporté et remonta ses genoux contre sa poitrine. La dernière image qui nourrit sa conscience fut celle du Canissien lâchant prise, Asaibi dont les mâchoires ouvertes selon un angle bizarre, plus large qu'il ne semblait possible à aucun être humain, livraient passage à un cri terrifiant. Puis tout sombra dans un chaos brutal d'acier. de vent et d'eau.

12

Si rien n'émergeait de l'océan Ramorine qu'une dispersion d'îlots sableux, sans cesse détruits, construits, modelés par les tempêtes, une terre subsistait, point fixe du paysage variable, la seule qu'aurait marquée le cartographe sur cette boule bleue — s'il s'était trouvé un cartographe assez fou pour dresser le plan d'un monde vide.

Cette terre n'était pas non plus de grande ressource pour l'arpenteur : de forme imparfaitement triangulaire, mesurant deux kilomètres sur son plus grand côté, elle était d'une superficie modeste et d'une faible élévation. Pourtant, l'éperon qu'elle dressait à quarante mètres environ de hauteur avait une particularité — une particularité unique sur Canisse qui en faisait depuis des siècles, bien qu'aucun indigène n'en gardât mémoire, l'espace le plus convoité de la planète, enjeu de rixes sans nombre et de violentes rivalités : cet éperon était *rocheux*.

Aucun géologue non plus n'avait jamais

examiné cette saillie de pierre dure, ni donc formulé d'hypothèse sur sa nature et les circonstances, sûrement extraordinaires, de son jaillissement au milieu des flots. La tradition parlait d'un cairn colossal, d'un gigantesque amoncellement de cailloux apportés là par les tribus de partout, auquel l'action conjuguée de l'érosion marine et des intempéries avait, pour finir, donné tournure de piton naturel. Faute d'hypothèse plus solide, les Canissiens avaient élu celle-ci et vouaient depuis au *Grand Debout*, ainsi qu'ils nommaient ce monument de pierre, un culte craintif et ébloui.

Tels ces chandeliers ensevelis sous les coulures de milliers de bougies, le piton disparaissait sous les hommages, frugaux mais innombrables, de plusieurs générations d'indigènes : tresses d'herbes marines, coquillons vides, fragments d'écailles ou d'arêtes de mégathalos, balanciers de patineurs aussi bien que débris d'astronefs accidentés composaient ce tribut étrange, auquel s'ajoutaient des milliers de molaires arrachées rituellement aux Canissiens adolescents — ou plutôt qu'ils s'extrayaient eux-mêmes, sans outil, à la seule force des doigts, confiants qu'en sacrifiant ainsi la partie la plus dense de leur corps, ils favoriseraient la croissance et l'induration du Grand Debout.

Ses allures de dépotoir sacré n'empêchaient pas que le seul piton rocheux de la planète fût choisi, de préférence aux bancs de sable, pour les cérémonies d'importance. C'est là que les tribus intronisaient les chefs ou célébraient leurs funérailles, c'est là qu'elles châtiaient les criminels ou préparaient les jeunes mâles au tour de la planète qu'il leur faudrait accomplir dans les branchies d'un mégathalos. Pourtant, l'îlot du Grand Debout ne comptait aucun Canissien parmi ses habitants. Pas un de la trentaine d'hommes, pas une de la vingtaine de femmes qui vivaient là à l'année n'était natif de la planète. Chose curieuse, ils ne se recrutaient pas non plus parmi les braconniers ni les domestiques mais relevaient, à l'instar de Xhan Elotym, d'une tierce catégorie d'étrangers — des étrangers qui n'avaient rien en commun, sauf d'avoir un jour percé l'atmosphère de Canisse pour des raisons qui généralement leur échappaient.

Comment l'un de ces riverains du Grand Debout avait trouvé le corps moribond de l'ancien garde-pêche, à quel moment et en quel endroit, voilà qui formait un autre mystère. Les cinquante habitants de l'îlot avaient chacun, ou presque, leur version des événements : pour certains, le corps de Xhan s'était banalement échoué sur la plage de graviers dans l'ombre du piton ; pour d'autres, on l'avait repêché en mer parmi des tôles éparses et des câbles à l'allure de serpents ; pour d'autres enfin, on l'avait arraché aux griffes d'un patineur. Tous s'entendaient néanmoins pour dire qu'au moment de sa découverte,

Xhan était bien près de mourir, et qu'on avait dépensé pour ranimer cette faible lueur de vie bien plus d'herbes et de potions qu'il n'était raisonnable. Si on l'avait fait, ce n'était pas dans un esprit de charité — sentiment dont la notion même s'était dissoute dans les vapeurs acides de Canisse — mais parce que cet homme leur ressemblait, eux les métèques échoués sur l'îlot rocheux d'une planète inhospitalière.

Telle fut aussi l'impression du retraité lorsque, après trois semaines environ d'un coma tourmenté, il ouvrit les paupières et prit lentement conscience d'un visage souriant penché sur lui. Cette première impression s'effaça bientôt, puisqu'il perdit connaissance. Mais lorsqu'une seconde fois il recouvra ses esprits, et s'accrocha à la clarté du jour comme un noyé s'agrippe au rocher glissant, le visage était toujours là, accompagné d'un autre dont la physionomie lui parut familière. Sa mémoire tarda à mettre un nom sur les traits de cet homme, qu'il était sûr d'avoir déjà vu. Puis soudain, l'évidence le saisit ; il lâcha dans un souffle :

« Le Canissien… Le frère aîné… »

Celui qu'on désignait s'approcha pour mieux entendre, la main arrondie en cornet autour d'une oreille.

« Qui êtes-vous ? demanda Xhan en poussant la voix.

— Je suis Goël. Vous ne vous rappelez pas ? Dans la tente, sur l'îlot… »

L'effort du retraité pour se souvenir vida le peu de force qu'il avait retrouvée. Dressé sur les coudes, il retomba de fatigue et manqua défaillir.

« Votre langue ! Mordez-la ! » conseilla le premier homme en approchant du blessé un genre de gourde au col évasé. Il ne versa que quelques gouttes entre les lèvres de l'ancien garde-pêche, mais elles suffirent à le tenir éveillé, tant le goût du breuvage était fort et piquant. Il lui semblait qu'au creux d'un tourbillon noir une main amie lui lançait une bouée.

« J'ai vu votre frère... dans le Criquet, poursuivit Xhan en repoussant la gourde qui s'offrait encore. J'ignore si... »

Goël se fit répéter, car son ouïe convalescente ne rendait les sons qu'affaiblis, et comme habillés d'une épaisse couche de feutre. À la mention d'Asaibi, son visage soudain se rembrunit.

« Mon frère est mort, et notre sœur aussi. J'ai pourtant trouvé le *murex delpis*, deux juvéniles que j'ai grattés au fond des branchies ! Mais ça n'a servi à rien... Quand je suis retourné sur l'îlot où j'avais laissé Dorâm, elle avait disparu, et le sable avec elle. La mer a tout avalé. »

Les yeux du Canissien s'attardaient sur une assiette posée près de la litière du blessé, où des lambeaux d'une chair grise à odeur de poisson baignaient dans une sauce mordorée. Peut-être les restes du fameux coquillage ? Xhan en avait-il goûté les bienfaits, à la place de la jeune femme ?

La physionomie du Canissien ne reflétait

aucune tristesse, mais la résignation d'un homme qui a beaucoup pleuré et n'a plus la force d'épancher son chagrin. D'ailleurs, on voyait au contour rougi de ses yeux et au sable épars dans ses cheveux, dont peut-être il s'était couvert lui-même, que sa douleur maintenant refroidie avait connu de vifs accès.

Xhan resta toute une semaine aux soins de son infirmier, un homme d'un âge voisin du sien, originaire comme lui de Central Spectra. Leur conversation, à bâtons rompus, lui apprit encore qu'il avait servi trente-trois ans dans la confrérie des gardes-pêche, comme statisticien des stocks halieutiques. Son parcours convergeait avec celui de Xhan de bien d'autres façons. Mis d'office à la retraite quelques mois avant l'échéance, il avait été conduit par une série de hasards et de circonstances bizarrement ajustées à effectuer le voyage vers Canisse pour rencontrer le mégathalos. Sa santé peu après s'était détériorée au point que les Grandes Lignes, invoquant l'exception médicale, avaient refusé son transport vers l'Espace Domestique. Il n'avait eu d'autre choix que de demeurer sur Canisse, campant avec les indigènes sur différents îlots avant d'aboutir là où, semblait-il, échouaient tous les étrangers pris dans des embarras semblables : à l'ombre fidèle et apaisante du Grand Debout.

« La vie n'est douce nulle part sur Canisse, mais on la tolère mieux ici qu'ailleurs… confia l'infirmier en traçant des sinusoïdes dans le sable. Nous n'avons rien à craindre des tempêtes, car nous trouvons refuge dans certaines anfractuosités de la roche que je vous montrerai. Les patineurs sont mal à l'aise sur les sols durs, à peu près comme une bête à sabots sur un carrelage glissant, aussi n'approchent-ils jamais de l'îlot à moins d'un jet de pierre. Quant aux mégathalos... »

Le regard de l'infirmier se tourna vers la mer, qui flambait sous la conjonction zénithale de deux astres inconnus, et Xhan vit distinctement s'étrécir les pupilles dans les iris couleur de lait.

« Ils se tiennent tranquilles si nous gardons nos distances. J'ajoute que les harpons, chez nous, ne servent qu'à l'armature des toiles... »

Au cours des longues heures désœuvrées que lui offrait sa convalescence, Xhan s'était livré à divers calculs et observations dont il voulut, à ce moment, instruire son camarade :

« Avez-vous pris les mesures du Grand Debout ? Sa hauteur, sa largeur, toutes ses dimensions ? Je les ai estimées grossièrement, et suis parvenu au résultat étonnant que voici : si votre rocher était planté sur le dos d'un vieux mégathalos, il pourrait prendre la place du plus petit piquant de sa nageoire dorsale... Il en a la taille et la forme mais surtout l'inclinaison particulière, à quarante-deux degrés environ, où un rocher ordinaire ne pourrait se maintenir sans rupture d'équilibre. Vous êtes-vous jamais figuré qu'au lieu d'un piton de pierre, matériau qu'on ne trouve nulle part sur cette planète, il pourrait s'agir d'ossements calcifiés de l'énorme poisson ?

— Non, cette idée ne m'était jamais venue, avoua l'infirmier sans détacher les yeux de Ramorine. Le fait que vous l'ayez conçue est en soi un bon signe : cela prouve que Canisse n'a pas encore toute son emprise sur vous…

— Plaît-il ?

— Vous verrez, après quelques mois passés ici, beaucoup de choses auxquelles vous attachiez de l'importance en auront perdu, si même vous conservez pour elles le moindre intérêt…

— J'ai toujours l'espoir de quitter cette planète, aussitôt que possible !

— Cet espoir aussi témoigne de votre *fraîcheur*, si vous m'autorisez ce mot. Pour nous qui habitons cet îlot depuis des années, le monde extérieur n'est pas plus épais que le souvenir que nous en gardons, souvenir chaque jour plus trouble et plus fuyant. Canisse laisse peu d'étrangers venir à elle, mais n'en laisse aucun repartir. En voulez-vous une preuve ? Dans la haute atmosphère de la planète rôdent des bancs de brouillards coupants dont les cristaux, aussi tranchants que des lames, sont tous pointés vers le sol. Il est aisé pour un vaisseau de les franchir à l'atterrissage mais, lorsqu'il décolle, c'est un mur de poignards qu'il doit affronter ! Ça n'a l'air de rien. Pourtant, croyez-moi, ces griffes de glace peuvent réduire n'importe quel blindage à l'état de ferraille ! Seuls des astronefs très robustes ou spécialement préparés triomphent de l'obstacle.

— Mon pilote savait-il cela ?

— Comment l'aurait-il ignoré, s'il a visité Canisse plusieurs fois ? »

Cette révélation jeta l'ancien garde-pêche dans la perplexité. Il abandonna la conversation et, pour finir, demanda qu'on le laisse seul car il avait besoin de repos.

Après son réveil — ce que le Canissien appelait sa *résurrection* —, Xhan Elotym n'avait pas seulement tenté de se mettre debout. La première fois qu'il essaya, ses jambes lui manquèrent et il roula sur le sable. La seconde fut meilleure, bien qu'il payât cet effort d'une terrible nausée qui lui rendit, pour quelques heures, intolérable la seule vue d'un aliment. Appuyé sur une béquille, il fit le tour complet du petit îlot et se risqua même sur les flancs du Grand Debout qu'un escalier rustique, creusé dans la roche, escaladait péniblement. Il n'atteignit pas le sommet mais une sorte d'épaulement qui en était tout proche.

Depuis cette éminence, son regard embrassait la plage de graviers à la double courbure, les falaises basses qui prolongeaient le piton dans la mer et la région sablonneuse, sur la côte opposée, où les riverains du Grand Debout avaient bâti leurs huttes à l'aide de matériaux récupérés. Il y avait toute apparence que ces cabanes remployaient les offrandes des Canissiens, du moins celles utiles à la construction : les plus cossues s'abritaient sous un vrai toit de tuiles, constituées d'éclats d'écailles de mégathalos ; d'autres possédaient un jardinet pavé de coquillons qui sans doute éveillait l'admiration des visiteurs indigènes. Dans l'ensemble, le village des métèques avait bon air, et constituait dans le paysage monotone une surprise bienvenue, à la façon d'un bouquet de palmiers dans le désert. Avec leurs pauvres cairns et leurs tentes fourbues, les campements canissiens n'offraient rien d'approchant, ni d'ailleurs les forteresses flottantes des braconniers, et l'on ne pouvait écarter l'idée d'un havre de civilisation au milieu des sauvages.

Au demeurant, ceux qui habitaient ces maisons confortables leur étaient assortis. Les riverains du Grand Debout portaient des vêtements, parlaient un langage, avaient des occupations qui prouvaient leur grande culture, quand les Canissiens semblaient issus des peuplades primitives de Vieille-Terre. Xhan connut parmi eux une convalescence très paisible. Son temps se partageait entre les repas, les parties de pêche, les conversations et les baignades — les habitants de l'îlot ayant découvert qu'à certains moments de l'année, selon les phases respectives des éclipses, Ramorine n'était pas moins fréquentable que les océans d'autres planètes, et qu'on pouvait prendre plaisir à brasser cette eau tiède aux reflets d'émeraude. Plus il passait de temps en leur compagnie, plus elle lui devenait chère, et le retraité pressentait qu'avant peu il compterait de vrais amis dans cette colonie étrangère, ce qui certes freinait son impatience de quitter Canisse et mêlait à son futur départ, déjà, un soupçon de regret.

Le seul de ses nouveaux compagnons à ne pas afficher l'humeur allègre de la communauté était Goël le Canissien. Goël mangeait à part, couchait sous sa propre tente et passait le plus clair du jour à regarder la mer ou à gratter ses échasses que l'eau piquante avait noircies. Il s'était procuré, on ne savait comment, un nouveau tube-à-douleur au maniement duquel il s'exerçait contre des mannequins à tête d'éponge et aux vêtements métèques. Il n'avait plus adressé la parole à Xhan depuis son réveil. Or, ce silence qui aurait dû lui être indifférent troublait l'ancien garde-pêche. Il y devinait plus qu'un retrait volontaire, l'isolement d'un Canissien cerné d'étrangers. Goël gardait-il un secret ? Plusieurs fois, Xhan s'était trouvé sur son chemin ou l'avait rejoint sur l'escalier du Grand Debout, mais l'indigène n'avait pas rendu ses saluts, ou d'une façon distraite — l'air absent, le regard détourné.

Un soir, n'y tenant plus, l'ancien garde-pêche s'était glissé sous la tente de Goël, s'asseyant dos à l'ouverture et calant sa béquille au travers, pour empêcher quiconque de sortir ou d'entrer.

« Goël, nous avons à causer. »

Le Canissien ne se déroba pas, mais laissa filer un grand soupir et proposa à boire.

« Ce sont les affaires de ton peuple. Je ne veux pas m'en mêler.

— De quoi parles-tu ? fit Xhan.

— Tu es naïf, tu ne vois rien.

— Dois-tu m'instruire de quelque chose ?

— Il est trop tard…

— Trop tard pour quoi ? »

Goël avait pioché quelques brins d'herbe jaune dans un gousset, qu'il broya dans sa paume et saupoudra au-dessus d'un bol d'eau. Le feu fut allumé au moyen d'autres herbes, dans un simple trou creusé par terre. Une odeur huileuse et suave se répandit dans la tente.

« J'ai perdu mon frère au fond de l'océan et ma sœur dans la tempête. Ma famille n'est plus. Que m'importe à présent le sort de Canisse ? Cette planète n'est plus la nôtre, elle n'appartient plus à ceux de ma race. Vous autres les métèques, les chasseurs de poissons, vous nous l'avez volée ! »

L'indigène frotta ses mains l'une contre l'autre, soit pour les nettoyer, soit pour marquer son indignation. Le gros tube-à-douleur qu'il portait à la ceinture, à l'endroit précis du pénis, pointait crânement vers Xhan.

« Qu'est devenu le mégathalos ? »

L'ancien garde-pêche l'avait demandé sans intention particulière, comme on prend des nouvelles d'un parent éloigné. Mais tel était l'attachement des Canissiens aux gros poissons que Goël, en train de servir l'infusion d'herbes, s'aspergea d'eau brûlante.

« Les braconniers ont présumé de leurs forces. Ils n'étaient pas de taille à affronter ce grand mâle ! Ç'a été un terrible gâchis… Le coup de queue a balayé tous les vaisseaux en l'air, projetant carcasses et débris des lieues à la ronde. Il s'en est pris ensuite aux rares survivants, qui appelaient à l'aide dans la mer déchaînée. Que pouvaient-ils face à lui, sans arme et sans défense ? Le mégathalos a roulé sur eux, il les a broyés sous ses flancs ou parfois, d'un seul battement de nageoire, les a envoyés par le fond. Votre ami, l'autre métèque, n'a pas survécu… Il s'accrochait aux harpons, mais la première secousse lui a fait lâcher prise. Nous autres Canissiens connaissons les plantes qui font vivre sous l'eau, et le moyen de vider nos poumons avant que l'air prisonnier ne les déchire… Lui ne savait rien.

– Mais vous ? Mais moi ? » s'étonna le retraité, qui mesurait maintenant l'extrême péril auquel ils avaient échappé.

Goël porta le bol à ses lèvres et lapa l'infusion d'une langue agile, sans quitter son invité des yeux.

« Les braconniers ont appris de notre peuple les méridiens d'énergie qui parcourent le corps des mégathalos. Grâce à nous, ils savent où frapper pour tuer. Mais d'autres points existent, qu'ils ignorent… Il suffit parfois d'appuyer la main au pli d'une branchie, ou de talonner certain renflement au-dessus des ouïes pour calmer le poisson et s'en rendre maître. Avec d'autres caresses, on peut même diriger sa nage…

— Vraiment ? Vous pouvez conduire les mégathalos ?

— Non. Les mégathalos ne sont la monture d'aucun humain, pas plus que vous n'êtes celle d'un pou dans vos cheveux. »

Le Canissien secoua les siens au-dessus du bol à moitié plein et repêcha, minuscules sur son ongle noir, les petits insectes qui s'agitaient à la surface. Xhan fut pris d'un haut-le-cœur.

« J'ai quitté le mégathalos au plus près de l'îlot d'où j'étais parti, poursuivit Goël. Mais l'îlot n'était plus… C'est alors que les riverains du Grand Debout m'ont pris à bord de leurs pirogues. Ils avaient déjà repêché votre corps.

— J'étais le seul rescapé ?

— Vous étiez le seul qui les intéressait… »

Goël posa son bol sur le sable et, lançant ses mains aux épaules du retraité, lui déclara d'un ton sérieux :

« Xhan, écoutez ceci, c'est important ! Cet îlot n'est pas sûr pour vous, et les gens qui l'habitent ne sont pas de bonne compagnie. Il pourrait vous arriver malheur si vous restez ici…

— Comment cela ?

— Fiez-vous à moi ! Canisse recèle bien des pièges, et les plus dangereux sont les mieux habillés. Vous ne serez pas le premier qui disparaisse à l'ombre du Grand Debout !

— Allez au fait, Goël. Je n'entends rien à vos sous-entendus !

— Qu'il vous suffise de me croire ! Il n'est qu'une chose à faire pour vous, c'est de prendre la fuite !

— Fuir ? Mais vers où ? Et par quel moyen ? Si même je le voulais...

— Nous partirons ensemble. »

Comme Goël prononçait ces mots, un bruit de pas et d'objets remués se fit entendre. Xhan vit des ombres s'animer à l'extérieur, des silhouettes d'hommes en marche et qui se rapprochaient.

« Cette nuit, lâcha le Canissien dans un souffle. Retrouvez-moi sur la plage de graviers quand commencera l'éclipse d'Ikassar !

— Mais vous êtes fou ! »

Le pan de toile qui fermait l'entrée de la tente fut soudain rabattu, livrant passage aux faisceaux curieux des torches électriques puis à une tête hirsute, fendue du vilain sourire de l'ivresse, où Xhan peina à reconnaître son infirmier du matin.

« Monsieur Elotym, vous ne devriez pas frayer avec les indigènes ! le blâma le visiteur. Les Canissiens sont gens imprévisibles, et celui-là... »

Les rayons des torches convergèrent sur les traits impassibles de Goël qui fouillait le sable à ses pieds.

« ... celui-là n'aime pas les étrangers ! » compléta l'infirmier avec une moue hostile.

Il l'invita d'un geste à sortir. L'ancien garde-pêche ne vit d'autre choix qu'obéir et s'avança, ébloui, à la rencontre des torches. Or les premiers pas qu'il fit hors de la tente, soutenu par des mains plus fermes qu'amicales, lui découvrirent un spectacle inattendu. Quelque chose dans l'agencement du paysage avait changé. C'était la lumière, comprit-il en levant les yeux. Celui des astres qui donnait présentement la clarté la plus vive — il s'agissait de Khan, au bel orbe cuivré — portait une tache, une macule très apparente sur le fond brillant du disque. En plissant les paupières, Xhan obtint l'image plus nette d'un cylindre dont une extrémité semblait en feu, et l'autre clignotait de diverses couleurs.

« Un vaisseau... bredouilla l'ancien garde-pêche sans comprendre.

— On vient vous chercher ! » confirma l'un des hommes.

Mais avant que ces mots aient pu former une chaîne intelligible dans l'esprit du retraité, les mains refermées sur ses bras se durcirent, un genre de cravache cingla ses chevilles et le fit agenouiller. Il entendit des vociférations, des bruits de lutte, et même le crépitement d'un tube-à-douleur. Peu après, le Canissien surgit de la tente, ou plutôt fut traîné au-dehors, deux hommes l'entravant au cou et aux jambes ainsi qu'on maîtrise un forcené.

« Xhan ! » lança l'indigène avant qu'un bâillon pneumatique n'arrêtât l'air dans sa gorge.

L'ancien garde-pêche sentit s'horripiler les fins cheveux derrière ses oreilles. Une démangeaison le prit aussi entre les doigts, qu'il savait annoncer la métamorphose. L'eau était là, tout près, à quelques pas... Parfois le poisson file des mains du pêcheur et gagne sa liberté par un saut vigoureux. Xhan attendit la percée des écailles sous sa peau, devenue souple et glissante, puis il se contorsionna avec énergie, ondula et frétilla autant qu'il put jusqu'à échapper à ceux qui le tenaient. Alors, lançant ses jambes qui n'étaient plus tout à fait des jambes, l'ancien garde-pêche prit sa course vers l'eau.

« Rattrapez-le ! » cria quelqu'un dans son dos, mais déjà cette voix humaine lui parvenait brouillée, difforme, telle qu'émise des profondeurs d'une caverne.

Xhan s'immergea avec une volupté inouïe. D'un simple battement de queue, il s'allégea des vêtements qui freinaient son élan. L'eau était salée, un peu piquante, floculée par endroits : Ikassar rouge monterait bientôt dans le ciel, amorçant un nouveau cycle de Ramorine. Il n'était plus d'homme pour le suivre, à présent. Qui voudrait se risquer dans ce bain mortel, et s'y trouver piégé telle une mouche dans un bloc de résine ?

Mais soudain : l'éclat bouillonnant d'un plongeon, puis d'un autre, sous des écharpes de bulles. Xhan risqua un coup d'œil vers l'arrière. Trois hommes nageaient dans son sillage ; trois hommes nus aux corps houleux, à la peau nimbée d'argent froid — non moins agiles, non moins souples que lui. Son avance était courte. Il donna un coup de reins et vit le fond de sable s'éloigner, s'assombrir. D'une simple inclinaison des pieds, il se projetait de côté ou d'autre, faisait de grandes embardées. Les autres, sûrement, avaient des ressources égales et le suivaient sans peine. Départs, virages, retraites, accélérations… La chasse continua un long moment.

Enfin, une ombre considérable se faufila sous la mer. Un bourdonnement l'accompagnait, à peine filtré par l'épaisseur des eaux. Xhan n'eut que le temps de redresser la tête et d'apercevoir l'ombre d'un vaisseau, un vaisseau dont les ailes s'habillaient de couleurs. Le harpon jaillit à la vitesse du gaz expiré ; le harpon fit irruption dans le silence et frappa le nageur, perçant son dos de part en part. Le sang bientôt déploya ses panaches. Il se fit dans toute la mer comme une floraison de sang.

13

La conscience ne lui fut pas rendue comme les autres fois. Ce ne fut pas l'éveil graduel des sensations — le retour apprivoisé de la lumière, le dépliement des sons, et ces spasmes nerveux dans les jambes, dans les bras à mesure que l'esprit rentre en possession du corps. Souvent le rêve s'estompe devant les choses réelles, il reflue et libère le cerveau des vapeurs qu'il a propagées ; cette fois, non.

La seule image reçue quand s'ouvrirent ses paupières était blanche, unie. C'était un disque lumineux rayonnant alentour une clarté homogène. Combien d'heures, combien de jours s'écoulèrent avant que Xhan pût détourner les yeux de l'astre fixe ? Il percevait distinctement l'attache de chacun des muscles oculaires, et l'enfoncement du nerf optique au fond de son crâne, mais ne pouvait simplement commander à tout cet appareil. Enfin, son regard prit une autre direction. Il éprouva un intense soulagement d'échapper à la grande lumière et de recouvrer, peu à peu, la variété des couleurs et des formes, le modelé des objets. Pourtant, ce qu'il vit l'horrifia.

Il vit l'arc éblouissant d'une lampe scialytique, des bras à perfusion chargés de poches jaunâtres, des machines aux écrans animés dont partaient des tubes en plastique mou. Le plafond, les parois étaient formés de plaques d'acier chevauchées, bordées chacune d'un filet scintillant ; Xhan en déduisit qu'il devait se trouver à bord du grand vaisseau aperçu tantôt dans le ciel. Deux cercles d'hommes l'entouraient, le premier avec blouses médicales et anneaux d'examen, le second, plus en retrait, dans des tenues ordinaires. Xhan mit un certain temps à discerner les visages, qui se trouvaient aux limites de son champ de vision — sa tête, il ignorait pourquoi, refusait absolument de pivoter. Ses efforts toutefois furent récompensés. Il acquit bientôt la certitude que maître Opim, doyen des gardes-pêche, figurait au nombre des assistants. Que pouvait-il bien faire sur Canisse ? Ce n'était pas le seul à porter l'uniforme au hameçon d'argent : d'autres l'avaient revêtu, dont il tenta vainement de fixer l'identité.

Le nom de maître Opim se pressait à ses lèvres. Il voulut le prononcer, mais n'obtint aucun son : à la place se produisit un gargouillis qui laissa dans sa gorge, et jusqu'au bord de ses paupières, des gouttes de sang noir. Un objet dur occupait sa bouche, dont il voulut prendre les contours avec sa langue. Or, il *ne trouva pas sa langue.* « Qu'est-ce qu'ils m'ont fait ? songea Xhan en détresse, mais qu'est-ce qu'ils m'ont fait ? »

Comme s'il lisait dans les pensées de son ancien collègue, maître Opim se manifesta à cet instant :

« C'est assez désagréable, docteur... En avez-vous pour longtemps ?

— Nous faisons notre possible, expliqua un homme du premier cercle Le corps n'est pas dans l'état souhaitable pour ce genre d'opération.

— Est-il nécessaire qu'il soit conscient ?

— Hélas, oui. La qualité du matériel recyclable est à ce prix ! Et puis, il est d'usage qu'on renseigne l'*entreposé* sur sa situation, sans quoi il pourrait ressentir de l'anxiété et sécréter des hormones préjudiciables à sa conservation. Toutefois rassurez-vous, il ne souffre pas... Il n'y a plus de nerf pour transmettre à son cerveau le moindre signal de douleur !

— Est-ce qu'il nous entend ?

— Il nous entend, il nous voit. Il perçoit tout mais ne peut rien émettre. »

À un certain moment, un long miroir sur portique fut roulé jusqu'à son lit. Il avait à peu près une taille humaine et fut placé de telle façon que Xhan pût s'y mirer ; il lui fut même loisible, au prix d'une petite gymnastique oculaire, de recueillir l'image entière de son corps. Cependant, cette image était si différente de celle qu'il attendait, et si choquante en vérité, qu'il ne put d'abord lui accorder aucune confiance. Il la considérait comme une imitation douée, celle que délivre une caméra de bonne résolution, mais ne pouvait croire à la conformité de ce spectacle avec l'enveloppe de chair et d'os qu'il croyait encore occuper. Sans doute l'homme du premier cercle devina-t-il sa pensée, puisqu'en s'inclinant sur son visage, il prononça d'une voix lente :

« Bonjour, Xhan. Mon nom est Vince Ponris, je suis conseiller génétique auprès de la confrérie des gardes-pêche, en charge plus spécialement du recyclage des unités périssables. Veuillez s'il vous plaît porter votre attention sur ce miroir… Eh bien, ce que vous voyez, c'est désormais *vous* ! »

L'ancien garde-pêche sentit ses yeux s'agrandir d'horreur bien que leur reflet, sur l'insensible surface du tain, eût gardé la même expression — pas un cil n'avait bougé. Depuis le bas-ventre jusqu'au larynx, inclus donc la poitrine et l'abdomen, son corps avait subi un évidement complet : l'extraction parfaite et intégrale de tous les organes, viscères, tissus, os et muscles qu'il avait naguère renfermés. Ses jambes et ses bras avaient été amputés, dont ne subsistaient que des bourrelets de chair fort proprement recousus, à fleur d'aine ou d'épaule. Le tronc lui-même était creux, mais non encore plat, la peau gardant la forme et le volume qu'autrefois lui donnaient les entrailles. Seule la tête était intacte, du moins la partie qui va des narines au sommet du crâne, car en dessous une étrange prothèse d'acier noir, où s'agitaient des ressorts et de petits rouages, remplaçait le bas du visage.

Telle fut l'émotion du retraité qu'en dépit des neurones cautérisés, des liaisons nerveuses rompues et de toutes les précautions observées par l'équipe médicale pour éviter ce genre d'épanchements — une larme roula sur sa moitié de joue.

« Intéressant... » fit le chirurgien en cueillant la goutte du bout de son doigt. Il demanda une éprouvette où il laissa couler l'échantillon puis reparut, souriant, aux yeux de l'opéré.

« Monsieur Xhan, je devine ce que vous éprouvez à cet instant. Une grande détresse sans doute, un grand égarement, mais aussi, car vous êtes raisonnable, de l'incompréhension... Sachez-le, ces sentiments sont normaux dans votre état, et personne ne vous blâmera d'en être affecté. S'endormir dans la peau d'un être humain pour s'éveiller, quelques heures plus tard — quelques jours, en réalité — dans une carcasse de poulet évidé, voilà de quoi troubler l'esprit le plus fort ! Je ne voudrais pas, cependant, que vous accordiez à cette... transformation plus d'importance qu'elle n'en mérite. Si les renseignements qu'on m'a fournis sont exacts, vous venez d'atteindre l'âge de soixante-deux ans. C'est bien cela ? »

Prévoyant la difficulté qu'aurait Xhan à livrer

ses pensées, Vince lui en indiqua le moyen. Une ampoule rouge, une ampoule blanche s'allumèrent de part et d'autre du miroir. Xhan n'avait qu'à tourner les yeux vers l'ampoule blanche s'il était d'accord, sinon vers l'ampoule de couleur : il appartiendrait au chirurgien d'interpréter la réaction des pupilles.

« À la bonne heure ! fit-il en les voyant s'étrécir. Eh bien, si c'est votre âge, vous devez convenir que vous vous trouvez sensiblement plus près du terme de votre vie que de son origine ? Si vous mouriez aujourd'hui, vous quitteriez une existence bien remplie. D'ailleurs, avec cette tumeur dévorant votre foie, votre espérance de vie n'était plus que de…

— Docteur, une nouvelle fois, je vous demande de presser l'allure ! » intervint maître Opim.

Vince répliqua d'une voix glacée :

« Entendu, maître. Nous ferons comme vous voudrez. Mais le protocole exige d'informer dûment l'entreposé sur la nature de son opération.

— Pas besoin d'être si bavard ! Vous ne faites qu'allonger le tourment de ce pauvre garçon ! »

Avec un soupir, le chirurgien tira une chaise qu'il installa tout près du visage de Xhan. Ses mots n'empruntaient plus qu'un chuchotement. L'ancien garde-pêche sentait l'haleine tiède sur le rebord de ses paupières, seule partie de son corps encore douée de sensibilité.

« Xhan, vous avez entendu, je dois aller au fait ! C'est pourtant une longue histoire qui mériterait des développements. Enfin... Il est une chose surtout que vous devez apprendre. Elle vous aidera à accepter votre état présent. Votre existence ne résulte pas de la rencontre d'un homme et d'une femme, désireux de se perpétuer. Cela, vous le saviez déjà. C'est une décision administrative, un programme gouvernemental doté de certaines ressources — lesquelles, hélas, ne permettaient pas la conservation de votre identité jusqu'à la mort biologique, bien trop tardive au goût de nos comptables. Vous avez été conçu, dès l'origine, pour remplir les fonctions qui vous ont été confiées durant votre existence. Ce n'est pas un hasard si vous possédez une endurance spéciale au froid et à l'humidité, si vous nagez excellemment et présentez, en général, de grandes affinités avec l'élément liquide. Telles sont les qualités requises d'un garde-pêche. Chacune est l'expression de gènes introduits à dessein dans votre ADN par nos laboratoires. Des milliers de vos collègues ont subi la même programmation et l'on trouve aussi dans les hôpitaux, dans les banques, dans les aéroports, un effectif conséquent d'orphelins doté d'aptitudes artificielles. »

L'œil de Xhan du côté de l'ampoule blanche se mit à larmoyer, ce que le chirurgien attribua à la clarté trop vive. Il pria son assistant de réduire l'éclat des deux lampes.

« Depuis un siècle au moins que nous pratiquons cette technique, nous l'avons portée à un rare degré de perfection. Pour nous, il ne s'agit plus seulement d'élaborer des individus parfaitement adéquats aux tâches qu'ils doivent exécuter, mais de contrôler leur vie tout entière, afin de rentabiliser au mieux notre investissement. Nous veillons par exemple à retirer de la circulation les employés inaptes, malades ou affaiblis, ceux entres autres qu'atteint la limite d'âge. Vous en conviendrez, il n'y aurait aucun sens à maintenir en vie, pour sa seule convenance personnelle, un agent qui ne remplirait plus la mission pour laquelle il a été conçu. Autant laisser branchée une machine hors d'usage ! La science génétique nous permet de fixer avec une précision suffisante le terme de ces existences parasites. Je peux vous affirmer qu'à ce jour... »

Vince parcourut une fiche que lui tendait un assistant.

« . trois cent vingt-huit gardes-pêche habitant des planètes distantes de l'Unité ont déclaré une tumeur analogue à la vôtre, rebelle à tous les traitements, qui les tuera dans l'année. La plupart décéderont à l'hôpital et feront l'objet d'une suppression administrative, ce que nous appelons une *purge*, incluant bien sûr l'effacement de toutes les données les concernant mais aussi le traitement amnésique des personnes qu'ils ont fréquentées. Tel n'est cependant pas le sort des meilleurs fonctionnaires, dont les atouts particuliers ont rendu souhaitable une forme de perpétuation. Ceux-là sont envoyés sur Canisse sous des prétextes divers bien qu'il suffise habituellement d'exciter leur curiosité pour ce poisson phénoménal qu'est le mégathalos. Au besoin, nous exploitons leur haute réceptivité à certaine substance chimique synthétisée par nos laboratoires. Notre agent Moox l'a utilisée pour vous convaincre de l'accompagner. En voici un échantillon… »

Vince présenta un coton imbibé aux narines de l'ancien garde-pêche. Aussitôt, Xhan se sentit submergé d'une vague de sympathie pour le chirurgien et, d'ailleurs, pour tout son entourage. Sa situation ne lui parut plus comporter le moindre inconvénient — bien plutôt, il admirait l'efficacité de l'organisation qui l'avait réduit à cet état et se réjouissait de l'avoir servie durant trente-huit ans sans rien soupçonner. Cette euphorie dura aussi longtemps que le brin d'ouate resta sous son nez. Cependant, dès le coton retiré, son humeur commença de s'assombrir, telle exactement que la lumière du soleil quand l'entame un nuage épais.

« Voici plusieurs années que nous fréquentons Canisse et sa faune aquatique… Les braconniers nous ont devancés sur cette planète, mais nous les avons suivis de près. Or, dès nos premiers contacts avec les indigènes, nous nous sommes intéressés à certaines de leurs coutumes qui n'ont pas d'équivalent dans l'Unité. Savez-vous par exemple que les Canissiens, au terme de leur vie, sont enfermés dans la matrice d'un mégathalos femelle ? Ce rituel est pratiqué dans le plus grand secret, et aucun étranger n'a pu encore y assister. Chaque fois qu'un animal est pêché, ce sont plusieurs dizaines de corps qu'on trouve à l'intérieur ! Ces cadavres présentent une particularité : leurs gènes sont intacts. Par un phénomène non encore élucidé, l'ADN des Canissiens déposés dans les mégathalos ne subit ni dégradation chimique ni dégradation enzymatique : il semble avoir été prélevé sur l'individu vivant ! Nous avons vite compris quel parti nous pouvions tirer de cette singularité naturelle. En effet, la conservation d'un ADN de qualité est l'un des enjeux les plus difficiles de notre programme d'amélioration génétique. Pour fournir aux différents services de l'administration le personnel spécialisé dont il a besoin, nous devons enregistrer et stocker sur une longue durée le génotype des meilleurs éléments. Certes, nous pourrions recourir aux cuves frigorifères, mais leur rendement est faible et leur usage délicat. Les entrailles d'une créature inconnue, sur une planète elle-même ignorée, sont un moyen plus sûr et surtout plus discret d'archiver nos créations. Voilà pourquoi nous avons passé un accord avec certains braconniers, leur garantissant une complète impunité sur les planètes de l'Outre-Monde s'ils acceptaient de nous céder les dépouilles des mégathalos femelles, gardant pour eux celles des mâles. Des dizaines de ces gros poissons ont été capturés depuis. Convenablement vidés et préparés, ils forment des banques génétiques à toute épreuve que nous léguerons aux générations futures. Chaque animal sorti de l'océan est transporté à très haute altitude, là où règnent les conditions favorables à la préservation du génotype. Avez-vous remarqué le fin anneau gris qui ceinture la planète, et qu'on ne distingue qu'en s'approchant ? C'est une immense chaîne de mégathalos, mis bout à bout ! Nos meilleurs agents sont déposés à l'intérieur et gardés en vie par un appareillage de grande autonomie. La qualité de l'ADN ainsi stocké est optimale... Nos laboratoires peuvent s'approvisionner sans craindre la pénurie de gènes ni leur dégradation. Les résultats sont encore meilleurs s'il y a eu *imprégnation*, c'est-à-dire si l'agent, encore vivant, a rencontré le mégathalos destiné à l'accueillir. Il suffit d'un regard pour...

— Vince ! l'interrompit maître Opim, ça n'en finit pas ! Vous faut-il vraiment livrer tous ces détails ? Je crois que notre ami a un aperçu suffisant du sort qui l'attend ! N'est-ce pas, Xhan ?

— Voulez-vous que nous rallumions les lampes, afin qu'il puisse répondre ?

— Inutile. »

Maître Opim s'avança de quelques pas et remplaça le chirurgien aux côtés de l'opéré. En retrouvant ce visage ami, l'ancien garde-pêche eut un tressaillement, ou du moins crut l'avoir — mais ses nerfs mutilés n'animèrent aucun muscle de son corps. Au contraire, la figure replète du doyen se plissa d'une manière très expressive. Elle affichait un dégoût mal dissimulé.

« Xhan, je suis désolé... Ça ne doit pas être agréable de te retrouver sur ce lit ! Sache toute fois que j'ai exigé la suture de tes canaux nerveux, tu ne sentiras rien... »

Les yeux du doyen parcouraient craintivement le corps écorché de son ancien ami, s'arrêtant parfois, épouvantés, sur la suture au fil noir d'une plaie sanglante ou la rognure claire d'un muscle. Il dut prendre une grande inspiration avant de poursuivre :

« Voilà ce qui va se passer maintenant... Ces messieurs du service de recyclage t'ont équipé d'un masque de survie qui alimentera ton cerveau en oxygène, en glucose et en nutriments pendant les quatre-vingt-dix-huit années à venir. Ta mort définitive n'interviendra qu'à ce terme. Je sais que ça peut paraître long mais, comme Vince te l'a expliqué, nos laboratoires ont besoin d'ADN frais pour engendrer de nouveaux individus, aptes à remplir les tâches qui t'étaient dévolues ! Le premier prélèvement interviendra, je crois, le mois prochain... Dans un an à peu près, un nouveau-né au génotype identique au tien verra le jour. Ce sera, en quelque sorte, ton héritier en ligne directe. Il a déjà son nom sur le registre d'admission des gardes-pêche. Xhan, nous allons tous te regretter, et nous avons hâte de t'avoir de nouveau parmi nous ! À propos, j'ai apporté quelque chose… »

Maître Opim tira de sa poche un petit livre rouge, de format carré, relié entièrement d'une peau de poisson-léopard.

« Ton *Guide Outre-Monde des Chasses et des Pêches*. Je crois que tu l'aimais bien. Je vais le mettre à côté de toi. Tu ne pourras pas, hélas, en faire grand usage, mais peut-être sa présence te sera-t-elle de quelque réconfort dans… l'épreuve qui t'attend. »

Le doyen posa le Guide près de Xhan, tandis que les assistants médicaux raccordaient les poches nutritives à ses connexions cervicales.

« Une dernière chose, Xhan. Nous allons devoir, malheureusement, fermer ton canal optique, t'ôter la vue si tu préfères. Faute de place, nous entreposons les corps très près les uns des autres, et tu te lasserais vite d'avoir les pieds de ton voisin constamment sous les yeux ! »

Maître Opim essaya un sourire, qu'il ne put former tout à fait et laissa s'avachir par les coins. La dernière image venue à l'esprit de Xhan fut la grimace de son vieil ami, avant que la double hélice d'acier poli n'entrât à vif dans ses prunelles.

Alors, tout fut noir.

« Débarrassez-moi de *ça* ! » entendit l'ancien garde-pêche.

DOCUMENTS

A. L'arrivée des métèques

L'arrivée des visiteurs constituait, à n'en pas douter, un événement digne d'attention et même d'intérêt, quoiqu'une minorité de chefs de tribus affectât d'en nier l'importance. « Je me soucie des métèques comme d'un merdier de coquillon ! » aboyait par exemple le chef Nissar, accusé pourtant d'avoir, un des premiers, initié les étrangers à la dégustation des fameux coquillages. Dorâm s'en était publiquement indignée, lors de la dernière jointure des Cercles. Elle avait même pris la tête d'un parti éphémère, favorable aux visiteurs, auquel s'étaient ralliés plusieurs femmes et quelques dignitaires, souvent de ses parents éloignés.

D'aussi loin que Dorâm se souvenait, on n'avait jamais vu dans le ciel de Canisse, ni à l'orient brumeux ni à l'occident irradié de lumière, autre chose que des vapeurs errantes, quelques bêtes pourvues d'ailes et des astres en mouvement dont les révolutions modelaient l'océan. Jamais, de mémoire de Canissien, aucune machine volante n'avait tracé son sillage sur la voûte opaline. Cependant, le bruit qu'il existait de telles machines s'était propagé avant les vaisseaux eux-mêmes, de sorte qu'à l'apparition du premier, il y avait onze ans environ de cela, les Canissiens ne marquèrent ni surprise ni effroi ; ils relevèrent seulement que les choses avaient changé et que, selon toute vraisemblance, elles iraient désormais autrement que par le passé.

Dans les premiers temps, les vaisseaux s'étaient bornés à survoler la planète sans atterrir. Ils patrouillaient seuls ou en petite formation, gardant une altitude prudente et assez de vitesse pour semer d'éventuels projectiles. Quand les pilotes acquirent la certitude que Canisse n'abritait aucune menace, mais un peuplement humain archaïque et sûrement inoffensif, ils cherchèrent le contact avec les indigènes : les émissaires des braconniers prirent pied sur les îlots et marchèrent au-devant des tribus canissiennes, provoquant l'étonnement par leurs costumes et leurs façons étranges, mais surtout par leur langue, curieusement proche de l'idiome local. Ces visiteurs d'un autre monde se prétendaient naturalistes et désireux d'étudier les poissons géants (ils les appelaient *mégathalos*) dans leur milieu naturel. Ils apportaient des cadeaux : échasses motorisées, jumelles optiques, pipes à oxygène et tels objets sans valeur dans le monde qui les avait vus naître, mais d'une utilité certaine pour les riverains de Ramorine

Très vite, cependant, il apparut que les présents les plus convoités n'étaient pas les plus nécessaires, mais ceux d'aspect le plus flatteur ou le plus exotique. Parmi toute la pacotille débarquée des vaisseaux étrangers, c'étaient les tapis en paille de caoutchouc et les vases à frises géométriques qui remportaient le plus vif succès, loin devant les filtreurs d'eau de mer, pourtant si commodes. Au dire des Canissiens, l'arrivée de ces bibelots constitua un événement d'une portée majeure pour leur communauté, quelque chose comme l'invention d'une nouvelle arme ou l'ignition d'un nouveau soleil. Qu'il existât de tels objets dérangeait leur vision du monde. De fait, c'étaient les premiers entre leurs mains qui n'eussent pas de fonction définie : ni couteau trancheur de coquillon, ni plane à faucher les herbes, ni louche à potage ou râpe à roseau — des objets sans usage, donc, mais non sans agrément, qu'on avait plaisir à regarder et aussi, découvrirent les Canissiens, à exhiber devant le voisinage. Un ethnologue témoin de cette rencontre n'aurait pas douté d'assister à la naissance de l'art, au moins du sentiment esthétique dans une communauté qui l'ignorait.

Comme de raison, les femmes se montrèrent les plus accueillantes à ce nouvel état des choses. Elles trouvèrent assez vite un emploi aux miroirs et aux holographies que les pilotes offraient aux chefs de tribus pour gagner leurs faveurs, et dont ces derniers n'avaient généralement que faire.

Les métèques ignorant tout de la hiérarchie indigène et des signes discrets qui la manifestaient (des lacets de vêtements plus ou moins nombreux, aux nœuds plus ou moins raffinés), elles purent sans mal détourner ces cadeaux à leur profit. C'est ainsi que Dorâm, se prétendant l'épouse d'un chef important, obtint un clignoteur solaire très convoité. L'appareil se présentait sous la forme d'une boîte argentée, percée de trous d'où jaillissait la lumière. Combinés ensemble, ces feux tissaient dans l'espace autour d'eux les atmosphères les plus étranges, procurant d'intenses émotions aux Canissiens spectateurs du phénomène.

« Pressez ici pour l'allumer, lui avait expliqué le pilote. Couleurs et lumières varient aléatoirement. Là d'où je viens, cette sorte de jouet amuse beaucoup les enfants… »

Dorâm avait reçu la machine avec un frisson de fierté, mais aussi d'inconfort — le contact froid du métal était inconnu sur Canisse, où rien ne se fabriquait qu'avec de l'os et des fibres végétales, et où régnait la plupart de l'année une chaleur soutenue, effet de la rotation conjuguée de plusieurs astres émetteurs de lumière.

« Ça… *sèche* ! » observa-t-elle ingénument, faute d'un mot dans sa langue pour dire cette sensation.

En majorité, toutefois, les Canissiens restaient méfiants envers les étrangers. Il n'avait pas échappé aux chefs de tribus que les vaisseaux métèques étaient pourvus de harpons, de palangres et de lignes en acier — matériel dont, sans être connaisseur, il était facile d'imaginer la destination. En outre, quelques pilotes avaient blessé l'orgueil indigène en enrôlant de jeunes Canissiens pour transporter du matériel ou récurer les tuyères de leurs Fulgurants. Des incidents avaient éclaté, ici et là : un étranger, certes par inadvertance, avait uriné sur un cairn sacré, provoquant l'ire de toute une tribu ; un autre avait déchiré un filet à coquillons où sa botte était prise — peu s'en était fallu qu'on l'écharpât tout vif. L'arrogance des métèques, dont beaucoup traitaient les Canissiens en domestiques, contribua aussi à sceller le soupçon général. Lors de la première Jointure des Cercles qui suivit l'arrivée des visiteurs, une résolution fut prise : celle de suspendre tout contact avec les étrangers, aussi longtemps du moins qu'on ne cernerait pas mieux leurs intentions envers la planète et ses habitants.

À partir de ce jour, les chefs unanimes refusèrent leur aide aux visiteurs. L'accès des camps fut interdit aux vaisseaux qui continuaient d'affluer, toujours plus nombreux, dans le ciel de Canisse. Sur tel îlot, rapportait-on, les indigènes bombardaient les étrangers de coquilles ou leur jetaient du sable au visage. Sur tel autre, les questions des pilotes affrontaient un silence hostile, à moins qu'à leur vue les habitants ne se couvrissent les yeux. Ces manifestations semblaient préluder à une confrontation armée, laquelle aurait eu des suites fâcheuses pour le peuple canissien, si même elle n'aurait pas amené sa totale extinction. Que pouvaient une poignée d'indigènes, armés de fouets d'algues et de lance-coquilles, face aux pulseurs lasers des vaisseaux étrangers ?

Or, la guerre qui menaçait n'éclata pas Maintes fois, sans doute, l'index d'un braconnier frôla la gâchette de son tube-à-douleur, mais il se ravisa… La raison n'en fut pas quelque attendrissement dont ce genre d'hommes, à la vérité, était peu coutumier, mais un impératif technique : les braconniers devaient disposer d'indicateurs pour les conduire aux mégathalos, créatures fuyantes et insaisissables dont la pêche s'annonçait d'une rare complexité.

Avant même de rencontrer les Canissiens, les métèques avaient conduit des prospections sur toute la surface de la planète, et jusqu'aux abysses les plus profonds de Ramorine — en vain. Ce fluide étrange dont l'océan se composait, cette matière solidifiée sous l'influence d'autres planètes agissait envers les ondes comme un miroir réfléchissant. Nul appareil n'en pouvait sonder l'épaisseur, ce qui rendait les mégathalos proprement invisibles à toute détection. Que ces gros poissons, de surcroît, fussent familiers des profondeurs, n'émergeant qu'à intervalles très longs pour chercher l'air et la chaleur des eaux superficielles — voilà qui subordonnait la pêche au seul hasard et réduisait le braconnier moderne, malgré le riche outillage à sa disposition, aux moyens limités du pêcheur d'autrefois.

Peut-être les métèques, pour finir, auraient-ils renoncé et quitté la planète si des Canissiens n'avaient offert leur aide. Certains parmi les indi gènes estimaient en effet qu'en repoussant les étrangers, leur peuple avait manqué une occasion. Quoiqu'en petit nombre, ces dissidents faisaient entendre leur voix et ralliaient quelques indécis. Ils allèrent bientôt plus loin et tâchèrent de nouer de secrètes transactions avec les gens de l'extérieur. Ils leur vendirent des coquillons, dont les visiteurs aussitôt raffolèrent. Ils les guidèrent vers les régions de l'immense océan où les mégathalos émergeaient, croyant d'abord conduire de paisibles scientifiques sur les lieux d'un somptueux spectacle animal ; par la suite ils comprirent, mais trop tard, qu'ils s'étaient rendus complices d'un massacre éhonté.

La première fois qu'un harpon perça le flanc d'un mégathalos (c'était une femelle), il devint manifeste qu'une nouvelle ère s'ouvrait dans la coopération des visiteurs avec le peuple canissien. Ce même jour, une violente tempête mutila l'éperon rocheux du Grand Debout, accident où les indigènes virent un triste présage.

B. Autour des mégathalos

Nul n'avait estimé la population des mégathalos vivant dans les eaux canissiennes. Les indigènes eux-mêmes ne s'en inquiétaient pas, attendu que ces poissons n'avaient jamais manqué et qu'il s'était toujours trouvé assez de femelles pour y coucher leurs morts. Quel besoin de dénombrer les bêtes d'un troupeau tant qu'elles suffisent à nourrir le berger ?

Mais si l'effectif des poissons vivants échappait encore à tout recensement — on n'avait d'ailleurs rien entrepris de ce genre —, le compte des poissons morts, lui, était simple à dresser. Chaque fois qu'un mégathalos juvénile mordait à l'appât d'une des immenses lignes flottantes ou pareillement, pour les plus grosses bêtes, était frappé de tirs de harpon, le sang s'épanchait en telle quantité qu'il colorait la mer sur des dizaines de lieues. C'était une gigantesque tache rouge qui s'ouvrait dans les flots, si étendue parfois qu'on la voyait depuis l'espace : elle semblait alors l'hémorragie de la planète elle-même. Il fallait des semaines pour que la mer souillée de sang retrouvât sa couleur.

S'il s'agissait d'un mâle, les vaisseaux-équarrisseurs, auxquels avait échu le sobriquet de *charcutiers*, succédaient aux vaisseaux-pêcheurs sur les lieux du carnage. Ils procédaient au débitage grossier de la carcasse, dont les braconniers avaient déjà vendu les morceaux à de riches amateurs.

S'il s'agissait d'une femelle, c'étaient les vaisseaux-haleurs qui prenaient la suite. Charge à eux de soulever la gigantesque dépouille et de l'emporter dans les airs. Pendant cette dernière opération, du sang tombait en pluie de la blessure mortelle, des ouïes et des pitons d'acier, plantés tous les cinq cents mètres environ, qui servaient d'ancrage aux câbles suspenseurs. L'instant où la nageoire de queue, dernière partie immergée de l'animal, se détachait de la mer en y creusant une large tranchée semblait un arrachement aux Canissiens témoins de la scène. Il en était pour s'effondrer en pleurs, pour se frapper violemment la poitrine ou pour lancer des imprécations. On disait qu'un petit nombre, ne pouvant supporter l'éloignement du poisson sacré, se jetaient tout vifs dans la mer acide, à moins qu'ils n'eussent choisi d'affronter sans armes un patineur. D'autres rumeurs évoquaient un abaissement sensible du niveau de la mer, à mesure qu'en sortait le colosse, ou encore des chutes de grêle rouge, suivant la diffusion du sang dans la haute atmosphère.

S'ils partaient pêcher avec entrain, les braconniers n'aimaient pas s'occuper du poisson après sa capture. Les opérations qui suivaient la prise leur semblaient une corvée, et ils s'en acquittaient de mauvaise grâce, aussi vite que possible, quitte à laisser pourrir de gros quartiers de viande qu'ils n'avaient pas le temps ou pas la place d'emporter. S'ajoutaient à cette difficulté les tensions qu'engendrait la présence des Canissiens dans l'entourage du poisson mort. Les braconniers avaient beau les chasser à coups de laser, ils revenaient, toujours plus nombreux, pour hurler leur chagrin et bombarder de coques vides les flancs des vaisseaux-pêcheurs. L'un des appareils avait même été abattu par un coquillon de belle taille, aspiré dans un réacteur pendant la phase de combustion. Cela obligeait les braconniers à exercer une surveillance incessante sur les indigènes excités. Tous espéraient qu'un jour on pût se passer de leurs services, mais sans trouver comment. Les Canissiens vivaient dans une sorte de symbiose avec les mégathalos ; les dissocier semblait aussi peu vraisemblable que d'animer à part un cœur et un cerveau.

La nature du lien qui unissait les indigènes aux gros poissons était l'objet de nombreuses conjectures parmi les pêcheurs. Certains avaient été témoins de rites étranges qu'ils croyaient voués à installer, sinon à nourrir cette familiarité de toujours. Chaque fois qu'une de ces créatures quittait les profondeurs, les Canissiens de l'îlot le plus proche s'assemblaient sur le rivage et présentaient des offrandes de coquillons ou de baies rousses — le seul fruit comestible, d'ailleurs sec et fripé, acclimaté sur la planète. Les vagues soulevées par l'émersion du monstre emportaient le dépôt sacré et laissaient comme en échange une écume granuleuse au parfum d'ambre. Au dire des braconniers, il arrivait que l'œil colossal se tournât vers la plage pour contempler ses bienfaiteurs — alors les Canissiens, saluant ce signe de chance, chantaient, dansaient, se jetaient dans des transes bruyantes jusqu'à perdre conscience.

Aucun rite, toutefois, n'égalait en intensité celui marquant dans la société canissienne l'émancipation des adolescents. Âgé d'une quinzaine d'années, comme sa barbe et ses poils pubiens connaissaient leur première poussée (souvent courte et éparse, car facilement rongée par les gaz aériens), le jeune Canissien se voyait soudain rejeté par sa famille et sa communauté. Un jour, sans l'avoir averti, au retour par exemple d'une pêche aux coquillons, on lui refusait l'accès du camp et l'on brûlait symboliquement les quelques hardes qu'il aurait, par négligence, laissées dans la tente. Il ne pourrait s'y montrer avant d'avoir accompli ce que les Canissiens appelaient sa *mue* et qui consistait, au sens propre, à déposer la peau devenue étroite de l'enfant pour revêtir celle élargie du jeune homme.

En pratique, il s'agissait pour l'initié d'effectuer un tour complet de la planète enfoui dans les branchies du mégathalos, seule partie de l'énorme animal pouvant l'abriter des eaux corrosives et des pressions écrasantes du fond de l'océan. Encore ce refuge n'était-il pas sans défaut : nombre de garçons perdaient la vie dans l'épreuve, sinon y laissaient leurs ongles, deux ou trois orteils, la vision d'un œil ou le sens de l'odorat. Tous voyaient leur épiderme intégralement rongé par le milieu acide, qui ferait peau neuve en deux ou trois semaines à condition d'enduire la chair à vif d'un onguent d'algues mielleuses — ces mêmes algues, ratissées en bordure de plage, dont les Canissiens prétendaient faire un auxiliaire de respiration grâce à l'oxygène piégé dans leurs capsules, et qu'ils mâchaient donc à chaque plongée.

Il était rare, cependant, que le mégathalos entraînât son hôte humain à de grandes profondeurs. De préférence, lorsqu'il sentait ses branchies habitées, le mégathalos nageait à faible allure dans les eaux chaudes et bien éclairées du sommet de la mer, comme s'il avait conscience de l'extrême vulnérabilité de son parasite et des dégâts mortels qu'une descente trop raide lui infligerait. Cette précaution, parmi d'autres égards que l'énorme poisson avait pour son hôte, semblait attester sinon l'intelligence du mégathalos, du moins l'inexplicable connivence qui le liait à l'homme.

Peut-être était-ce l'explication de la relative passivité des mégathalos face aux braconniers —

humains, eux aussi. Quelques coups de queue faisaient toute leur défense, et suffisaient rarement à chasser les importuns. Selon toute apparence, les mégathalos n'avaient pas appris à se méfier des dangereux bipèdes, ni à fuir pour s'en préserver. Il faudrait des générations, peut-être, pour qu'ils développent ce réflexe commun à tous les gibiers. Rien n'assurait qu'à ce terme il restât un seul spécimen en vie du gros poisson…

DU MÊME AUTEUR

Aux Éditions Gallimard

PASTEL, *roman*, 2000. Grand Prix littéraire Georges Rinck 2000 ; prix François Mauriac de l'Académie française 2001 (Folio n° 3607)

LE FANTÔME DE LA TOUR EIFFEL, *roman*, 2002. Prix du Roman historique (Folio n° 3985)

L'ENFANCE DE CROIRE, *récit*, coll. « Haute Enfance », 2004

SEMPER AUGUSTUS, *roman*, 2007 (Folio n° 4795)

LE COLONEL DÉSACCORDÉ, *roman*, 2009 (Folio n° 5087)

CANISSE, *roman*, 2010 (Folio Science-Fiction n° 376)

Chez d'autres éditeurs (sélection)

L'ÎLE, *conte*, Éditions Jacques Grancher, 1993

LE PRINCE DE LA FOURCHETTE, *roman*, Éditions Arléa, 1995

MADAGASCAR, PREMIERS PAS AU PAYS D'ARGILE, *récit de voyage*, Éditions Fer de Chances, 1999

L'ÉPÎTRE À LOTI, *biographie*, Éditions Escampette, 2003

À L'HEURE !, *essai*, Éditions Virgile, 2005

LE JARDINIER D'ASSISE, *fiction historique*, Éditions Desclée de Brouwer, 2005

JULES VERNE, *biographie*, Nouveau-Monde Éditions, 2005

LE PLAFOND DE VERRE, *récit-témoignage*, Éditions Desclée De Brouwer, 2009

VOYAGE EN FRANCOPHONIE, UNE LANGUE AUTOUR DU MONDE, *essai*, Éditions Autrement, 2010

PILORI, récit illustré (en collaboration avec Benjamin Bozonnet), Éditions Elytis, 2010

CHAMBRES NOIRES, t. I: ESPRIT, ES-TU LÀ ?, *bande dessinée* (en collaboration avec Yomgui Dumont), Éditions Vents d'Ouest, 2010

Composition IGS-CP à l'Isle-d'Espagnac (Charente)
Impression CPI Firmin Didot
à Mesnil-sur-l'Estrée, le 10 août 2010.
Dépôt légal : septembre 2010.
Numéro d'imprimeur : 100574.

ISBN 978-2-07-039673-3/Imprimé en France.

166493